一途なエリートパイロットは傷心の彼女を永遠溺愛で包み満たしたい

m a r m a l a d e b u n k o

白妙スイ

マーマレード文庫

目次

一途なエリートパイロットは傷心の彼女を永遠溺愛で包み満たしたい

一途なエリートパイロットは
傷心の彼女を永遠溺愛で包み満たしたい

第一章　ハワイにて、姉の挙式

約七時間フライトした飛行機から降りて、搭乗橋へ足を踏み入れると、大きな窓から差し込む日光が全身を包んだ。着ている白いワンピースが眩しい陽に照らされて輝く。

南帆《なほ》はかぶっていた帽子を少し傾けて、目を細めた。降りる前にかぶった麦わら帽子は、この日差しと空気にぴったりだと思える。

（なんて明るいんだろう……。それに外は暑そう。日本ではまだあったかくなり始めた頃なのに、全然違うよ）

初めてのハワイ。初めての海外旅行。

南帆の目には、すべてが新鮮に映った。

日本では春の盛りである四月のこと、南帆の姉が結婚式を挙げることになった。

その会場が、ここ、ハワイ。

姉や両親はすでに現地に着いているはずだが、南帆は仕事の都合で、一日遅れての渡航となった。

国内旅行で飛行機は何度か経験があるものの、国際線に乗るのは初めてだ。南帆は大いにわたわたしてしまった。

それでもフライトは順調で、機内でもそれなりに眠ることができて、目覚めたときには無事に到着目前だったというわけだ。

（えっと、タクシー乗り場は一階だから……そのまま歩いていけば……。ああ、案内板によると、あっちだね）

搭乗橋や廊下を抜けた先の到着口も一階だったので、少し見回しただけで、案内板を見つけた。南帆は大きめのスーツケースを引っ張りながら、そちらへ歩き出したのだけど……。

「Hi, how are you doing?（こんにちは！）」

急に軽い調子の声がかかって、南帆はきょとんとした。

どうも自分に向けられた声のように感じるけれど、ここで声をかけられる心当たりはない。

振り向くと、Tシャツとハーフパンツを身に着けた、現地のひとらしき若い男性が笑みを浮かべている。茶髪にごつい顔立ちの彼はどこか軽薄ともいえる表情で、南帆はちょっと構えてしまった。

（これは挨拶だよね？　じゃあ……）

「は、hello……I'm fine（こんにちは）」

海外に行くのだからと、少しだけ勉強した英語で返す。男性は嬉しく思ったようで、さらに続けてきた。

「Are you here on a trip? From where?（旅行で来たの？　どこから？）」

（「旅行なのか」とか聞かれてるのかな……。でも、特に用事じゃなさそうってことは……）

南帆の胸に、嫌な予感が広がる。用事でないのに女性に声をかける理由なんて、ひとつだ。

「Sorry, I'm in a hurry……（すみません、急いでいるので……）」

少し焦りながら言った。ナンパ目的の相手なら、さっさと去るに限る。

なのに彼は引かない。かえって笑みを濃くして、早口にもなった。

「Don't say that! Do you wanna grab a coffee? I know a good place!（そんなこと言わないで！　お茶でもどう？　いい店があるんだ）」

南帆は完全に困ってしまった。どうやらなにか誘われているらしい。

もちろん応える気などない。でも「急いでいるので」はもう言ってしまったし、それで引いてくれないなら、どうしたら……。

「I don't appreciate that. You are very disrespectful（やめてください。失礼ですよ）」

そのとき不意に、違う声がした。低く、やわらかな声音だったが、きっぱりした物言いだと南帆には感じられた。

振り返ると、一人の男性がこちらへ歩いてきている。丁寧な歩き方だ。

背が高く、やや体格がいい彼は、きちんとした紺色のジャケットとスラックスを身に着け、同じデザインの制帽をかぶっている。ジャケットにも制帽にも、金色と白をメインとした装飾が、上品なバランスで付けられていた。手にはかっちりした造りの鞄を提げている。

（助けてくれるのかな？）

服装と発言から、空港のスタッフなのかと南帆は推察した。彼の発言がどんな意味の英語か、南帆にはわからなかったが、彼の口ぶりから期待が生まれる。

ナンパ男らしき彼も動揺した。

「Shit! I don't care!（チッ！　どうでもいいや）」

捨て台詞らしき言葉を吐き出す。そのまま足早に去ってしまった。

南帆は心から安堵した。スタッフの彼は丁寧に話したようだが、ナンパ男には効果的だったらしい。

「Are you okay? It was a disaster（大丈夫ですか？　災難でしたね）」

彼は今度、南帆に向かって言った。

でももちろん英語だった。南帆はまた慌てながら、なんとか英語を考える。

「It's okay. Thank you（大丈夫です。ありがとう）」

拙い英語で返事をする南帆だったが、そのとき彼と視線が合った。南帆はどきっとしてしまう。

黒髪の彼は、穏やかな目をしていた。切れ長な一重の瞳は涼しい印象なのに、浮かんでいるのは、とても優しい感情のように見える。

それにすっと通った鼻筋と、薄めで形のいいくちびる。頬からあごへかけての曲線もスマートで、整った顔立ちだった。

（わぁ、格好良いひと……）

南帆はつい数秒、見とれてしまったくらいだ。

しかし彼のほうは違っていた。南帆の顔を正面から見て、目が少し丸くなる。

でも一瞬だった。すぐ笑みに戻り、言葉も英語ではなくなった。

「日本人のお客様ですか？」

なぜ彼が一瞬驚いたような表情を見せたのかはわからなかったけれど、南帆はとりあえず頷く。

「あ、はい。えっと、あなたも日本から……？」

日本語が流暢であったし、顔立ちも日本人かと思ったので、聞いてみた。

「ええ。日本からの航空機操縦士です」

肯定のあと、説明がついた。南帆は少し考え、驚く。

（航空機……操縦士。つまり、パイロットってことだよね？）

パイロットに接したことなど今までない。感嘆の気持ちが湧いた。

（すごいお仕事のひとに助けられちゃったな）

驚いたが、助けてもらえてありがたかったし、嬉しかったのに変わりはない。

「ご到着されるなり、大変でしたね。ここは慣れない海外の方と見て、声をかける輩もいるのです」

「そうだったんですね。ちょっとびっくりしました」

彼に説明されて、南帆はほっとした。返答もスムーズになる。

「どちらへお向かいでしたか？　良ければご案内いたしましょう」

おまけにもっと優しい言葉をかけられる。案内なんて、彼の仕事ではないだろうに申し出てもらえて、南帆は恐縮した。

でも慣れない場所では嬉しい申し出だ。甘えることにした。

「タクシーに乗るつもりだったんです。今度、姉がハワイで挙式をすることになりまして。私は仕事の都合であとからの渡航になって、一人で……」

歩き出しながら、南帆は現状を簡単に説明する。それを聞いて、彼は微笑みを浮かべた。

「それは素敵ですね。ぜひ、お式とハワイの空気を楽しんでいらしてください」

やわらかな響きの声と言葉は、南帆の胸をあたたかくする。

着いて早々、変な相手に声をかけられてひやっとしたのに、今はもう、そんな気持ちは消え失せていた。

「はい！　ありがとうございます」

彼の迷いない案内で、タクシー乗り場に着いた。待機していた一台のドアが開いたとき、彼は南帆を振り向き、聞いてくる。

「差し支えなければ、ホテルの場所をうかがっても良いですか？」

きっと運転手に伝達してくれるのだろう。さらに甘えてしまう形になり、再び恐縮しつつも南帆は答えた。

「あ、はい。えっと、リゾートホテルの……」

南帆が口にしたホテルの名称は、彼も知っていたらしく、頷いた。

「ありがとうございます。少しお待ちください」

ちょうど窓を開けた運転手に向かって、彼は流暢に話し始めた。

「Hello. Can you take her to the Grand Hotel? （こんにちは。彼女をホテルまで送ってくれませんか？）」

運転手もそれに対して英語で応え、南帆は待っているだけで、ホテルの行き先の伝達も、スーツケースを積んでもらうのも、済んでしまった。

「なにからなにまですみません。本当にありがとうございました」

後部座席に乗り込んで、南帆は丁寧にお礼を言った。

なのに彼は迷惑だったなんて顔はひとつも見せず、かえって笑った。制帽を取って、胸に当てる。

「とんでもございません。良い旅を」

それで後部座席の窓は閉まる。タクシーは発車した。

爽快に道を走るタクシーの中、南帆は慣れない場所に少しそわそわしながらも、明るい気持ちだった。

着くなり災難は起こったけれど、優しいひとに助けてもらえた。おまけに気遣いまでしてもらった。

(素敵なパイロットさんにお会いできて良かったな。きっとこのあとも素晴らしい旅になるよね)

南帆は窓から街の風景を見ながら、期待で胸をいっぱいにした。


タクシーの窓からハワイの街を眺めている南帆こと、明井南帆《あけいなほ》は、手芸用品店で経理事務を担当している、ごく普通の会社員だ。今年で二十四歳である。

背中まであるロングヘアは、落ち着いた茶色。今日はハワイという場所に似合うように、低い位置でおだんごにまとめて、白い花のコサージュを添えた。

服装は膝丈の白いワンピースである。南国にふさわしいスタイルだ。

丸みを帯びたラインの目元が優しげな印象で、焦げ茶色の瞳はいつも生き生きとしている。笑うとえくぼができる頬が魅力的だと、友人らによく言われる顔立ちだ。

身長も体重も人並みで、普通の若い女の子といえる南帆だが、手先が器用であり、小物やアクセサリーを作るのが趣味と特技だ。

その趣味の繋がりで、現在の手芸用品店という職場を選んだくらいには、なにかを作るのが一番の楽しみ。今回の式でも、それを活かして準備を手伝ったくらいだ。

（あ、連絡かな）

ショルダーバッグに入れたスマホが震えるのを感じて、取り出す。画面をつけると、メッセージの通知が出ていた。

ちょっと期待を感じながら、メッセージアプリを開く。トーク画面も開いたけれど、表示を見れば、落胆してしまった。

（またスタンプだけ……誤魔化されてるみたい）

南帆が日本を出る前に送った「行ってくるね」のメッセージに返ってきたのは、何時間も経った今、「わかった」という絵のスタンプひとつだけ。

相手が何年も付き合っている彼氏なのに、素っ気なさ過ぎるといえる反応だ。

（やっぱり、はっきりさせないといけないのかな）

特に返すこともなかったので、南帆はトーク画面を閉じて、内心ため息をついた。

南帆の彼氏・北尾《きたお》晶《あきら》は、高校時代の同級生だ。入学したとき、同じクラスになって知り合った。付き合ってからはもう六年ほどになる。

彼は気の強い性格で、自分の意見をはっきり言うタイプだ。そんな言動に、高校生だった頃の南帆は、とても頼りがいを感じていた。

ただし、この性格は逆に言えば、ちょっと俺様ともいえる点でもある。

それでも付き合ったばかりの頃、晶は優しくて、南帆のことを大切にしてくれた。独占したがって、南帆にほかの男性が近付くと嫉妬の感情を見せたりもした。

俺様な性格も、嫉妬も、今、思えばちょっと過剰だったかもしれない。

でもなにしろ、南帆にとっては初めての交際だったのだ。素直に「そういうものだよね」と思ってしまっていた。

その後、大学は別だったけれど、進学してからも数日に一度は会っていたし、距離は近かった。

だけど大学三年生頃からだろうか。晶の態度は今、南帆に接しているようなものにだんだん変わっていった。

俺様な態度が強くなった。その割にはメッセージも会う頻度も減って、今では二週間に一度会えれば良いほう、という状況になっていた。

連絡が来ても今のメッセージのような内容だ。南帆に対する扱いが、余計悪くなったと感じられる。

そんなここ三年ほどの変化を南帆も感じ取っていたけれど、なかなか言葉に出すことができずにいた。

だって晶に向き合うのは、彼の本質を知るということだから。優しかった頃もあったのだし、知ってしまうのが怖かった。

それに晶がこんな態度になるくらいだから、ほかの女性でもいるのかもしれない、とも南帆は薄々思っていた。

けれどそれこそ怖い。はっきりさせる勇気なんてすぐに出てこない。

(……お姉ちゃんは素敵なひとと結婚するのに、私は……)

日陰に入ったからか、日差しが暗くなった。つられたように、少しネガティブになってしまう。

(素敵なゴールインなんて、できるのかな)

たまに考える不安が湧いてしまった。でも数秒のことだった。

「もう着きますよ」

運転手が声をかけてくる。拙いながらも日本語だ。南帆が日本人だとわかって、気遣ってくれたらしい。

「ありがとうございます」

気持ちはすぐ、ハワイの空気へ戻ってきた。バッグを探って財布を取り出す。降りる支度をした。

タクシーはホテルのロータリーへ入っていく。

ホテルはレンガ色のクラシカルな建物だ。正面玄関は横に大きく広がっていて、開放感がある。客室部分は十階以上あり、ホテルとしては、そこそこ大型である。

確かな年月を感じさせる味わいの正面玄関を目の前にすれば、憂鬱なんて感情は、この旅を楽しむ気持ちに取って代わっていた。


「南帆！　いらっしゃい。無事に着いたんだね」

ホテルに入ると、ロビーで待っていてくれたひとが、笑顔で近付いてきた。

南帆とよく似た顔立ちと、かわいらしいボブヘアの女性は、南帆の姉・李帆《りほ》である。

ピンク色のロングワンピースを身に着けている。控えめなチェック柄が上品だ。

「お姉ちゃん！　うん、なんとかね」

李帆の姿を見て、南帆もほっとした。麦わら帽子を脱ぐ。

異国の地なのだ。身内と合流できれば、やはり安心できた。

「長旅で疲れたでしょ。お茶でも飲む？」

李帆は優しいことを言ってくれた。すぐ頷きたかったけれど、南帆は質問で返す。

「嬉しいけど準備のほうは？　今、大丈夫なの？」

李帆が今回の主役だから忙しいに決まっている。よって南帆はその点が気になった。

でも李帆は、普段と変わらない表情で、ふわっと笑う。

「南帆が来る時間に合わせて休憩しようと思ってたの。だから一緒に過ごそうよ」

そんな嬉しい言葉がやってくる。南帆の胸があたたかくなった。三歳上のこの姉には、子どもの頃から優しくしてもらってばかりだ。

「じゃ、お言葉に甘えようかな」

南帆も自然と笑顔になっていた。それでお茶の時間を過ごすことになる。ロビーの奥へ二人で向かった。

ロビーには、クラシックな柄が入ったソファや椅子が並んでいる。お城のようにきらきらした場の一角には、ティールームがあった。

広々としたティールームは、黒塗りのテーブルとふかふかの椅子が設置されていて、ゆったり過ごせそうだ。席の半分ほどはお客で埋まっている。黒いエプロンのウェイターが給仕をしていた。

すぐ一席に通され、南帆たちはトロピカルジュースをオーダーした。

甘酸っぱいジュースをストローからひとくち飲めば、旅で張り詰めていた気持ちがほどけていく。南帆はようやく、気を抜いて話すことができた。

南帆が話したのは、日本を出てからの飛行機の旅について。

国際便に乗るのはもちろん、約七時間も乗っているのは初めてだったとか。

そのために緊張したけれど、機内食は美味しかったし、揺れも少なくてよく眠れたとか。

南帆の話を、李帆はにこにこと聞いてくれた。

その後はいよいよ明日に迫った式について李帆が話して、南帆はそちらも楽しく聞いた。準備は大変だったと話しつつも、幸せいっぱいな李帆の様子に、明日が余計楽しみになった南帆だった。


式は翌日、午前中から始まった。

まずはホテルのチャペルでセレモニーだ。会場となるチャペルは、百年以上前のホテルの創立時に建造されたそうだ。天井が高く、豪華な装飾が施された窓枠や壁などの内装は重厚感があり、厳かな雰囲気だ。

ウエディングドレス姿の李帆はとても美しかった。

短めの髪はふんわりまとめたヘアスタイルにし、その上にレースのヴェールをかける。純白のドレスは大人っぽいスレンダーなタイプだ。

控え室で初めてその姿を見たとき、南帆はつい涙ぐんだほど美しい。

今も前方の親族席で見守りながら、感動の涙が込み上げそうだった。明るいオレンジ色のフォーマルドレスを身に着けた姿の南帆は、何度も強く拍手をした。

セレモニーは定番の、誓いの言葉、指輪の交換、そしてキス……など。荘厳な雰囲気の中で進んだ。

最後のフラワーシャワーでは、海風が吹く素敵なテラスが使われた。明るい日差しと、参列者が撒く花びらは、まるで新郎新婦に降り注ぐ幸せが、そのまま目に見えているようだった。

セレモニーのあとは、ホテル内の式場で披露宴が行われる。

受付役は李帆の友人だが、受付のセッティングを担当したのは南帆だ。

ハワイの花・プルメリアを使ったウェルカムボードと、ウェルカムドールをメインに据えた飾り付けである。

ウェルカムドールはクマのぬいぐるみだ。

片方は女の子で、李帆と同じデザインのウエディングドレスを着た姿。

もう片方は男の子だ。タキシード姿に小さな黒い眼鏡をかけている。

二体とも素体の状態から、着せた衣装、アクセサリーに至るまで、すべて自作した。手芸には昔から親しんでいたし、なにしろ特技だ。自分から李帆に「私に作らせてよ」とお願いしたし、李帆も快く了承してくれた。

それらで素敵に仕上がった受付スペースは、参列者にも好評だった。「素敵な受付だったね」「クマちゃんもかわいかった」という会話も直接耳にしたし、南帆は嬉しくなったものだ。

披露宴の催しは、これまた定番の内容であったが、会場内の飾り付けや李帆のブーケ、ウエディングケーキなどにハワイの花やモチーフが使われていて、南国のムードがたっぷり感じられた。

式が始まって、壇上で仲睦まじく過ごす李帆と新郎を、南帆は穏やかな気持ちで見守った。

新郎は、李帆が大学時代から付き合っていた相手だ。名前を小暮悠吾《こぐれゆうご》という。南帆も何度か顔を合わせて、話した機会があった。細身の体格に、ふんわりした茶髪の彼は、いつも黒縁の眼鏡をかけていて、それがトレードマークだ。

現在は普通の会社員である彼はとても優しく、少しお茶目なひとで、南帆が二人と会ったときの接し方からも、李帆を心から愛していると伝わってきた。

（悠吾さんなら、お姉ちゃんを絶対幸せにしてくれるよね）

本当にお似合いのカップルだと思ったし、これからはお似合いの夫婦になるのだ。南帆はすでに確信する。

そのうち、新郎新婦の成長ムービーが流れる時間になった。

悠吾の友人が作ったという映像はとても凝っていて、楽しく見たのだけど、あるシーンで南帆はちょっと驚いた。それは悠吾の通っていた大学が映ったときである。

（あれ、ここ知ってるな。晶の大学だ）

彼氏の通っていた大学は、南帆も何回か訪ねたことがあったから知っている。ただ、悠吾と姉は違う大学だったので、これについては初めて知った。

（同じ大学だったんだ。それは知らなかったな）

互いにずっと都内で暮らしているのであり得なくはないが、こんな縁があるとは思わなかった。嬉しく感じてしまう。

そのような驚きもあった、披露宴。その後はパーティーの予定だ。

少し休憩が挟まる間、南帆はメイク直しでもしてこようと廊下に出た。

「南帆、お疲れ様」

そこで母が声をかけてくる。色留袖を綺麗に着こなして、南帆たちと同じ茶色の長い髪は、うしろで上品にまとめていた。

「あ、うん。お母さんこそ」

振り向いて、南帆はシンプルに答えた。何気ないやり取りになる。

「受付、素敵なボードとぬいぐるみだったじゃない」

その中で、母が受付を褒めてくれた。南帆は嬉しくなってしまう。

「そう？　ありがとう」

でも続いた言葉は、あまり嬉しいものではなかった。

「次は自分のために作れるようにしなさいよ。あなただって、もう晶くんと付き合ってだいぶ経つでしょ。結婚を考えても早過ぎないと思うけど」

南帆自身についての話だ。でも晶との話を今、出されるのは少し複雑である。

「まぁ……そうだね。そのうち……」

よって南帆の返事は濁った。なのに母は南帆たちとよく似た顔を、軽くしかめる。

さらに付け加えた。

「あんまり悠長にするのも良くないんだからね。しっかりしなさい」

釘を刺すように言われ、南帆の心は少しだけ重くなってしまう。

「……うん。私、メイク直ししてくるから」

曖昧に答え、意識して笑顔を作った。

それで母と別れ、レストルームへ向かう。でも母に言われた言葉は胸の中で、しこりのように残ってしまった。


明るいざわめきが溢れるパーティー会場は、楽しげな人々でいっぱいだった。

各所にテーブルが設置され、軽食や飲み物をお供におしゃべりをする、立食形式だ。

新郎新婦を中心に、あちこちで会話に花が咲いている。

ホール内には白とシルバーを基調とした華やかな飾り付けが施されて、日本で行われる結婚式とは少し違った、海外のパーティーを思わせるムードがある。

そんな素敵な場だったが、南帆は少し時間を持て余してしまっていた。

李帆は親戚や友人などに囲まれて、笑顔で話していたけれど、そんな状況なので、自分だけに構ってもらうわけにはいかない。

かといって、新婦の妹という立場なので、南帆自身の知人は多くない。気軽におしゃべりをできる相手は限られている。

しばらく親戚と軽い会話をしながら、軽食やミニスイーツをいただいていたが、それもひと区切りついた。

そのとき親戚からも「次は南帆ちゃんね」と言われたこともあり、先ほどの母の言葉を思い出してしまう。

バルコニーが目に入ったので、少しそちらへ行って過ごそう、と南帆は思う。自然になるように場を抜けて、窓のほうへ向かった。

バルコニーに出ると夕方の心地良い風が、ふわっと身を包んだ。

緊張していた気持ちも少し薄れる。海が望めて、夕日がきらきら海面に反射していて美しかった。

それでも軽い憂鬱は完全に払拭できなかった。どうしても頭に浮かんでしまう。

(お母さんの気持ちもわかるけど……。あんな雑な扱いになってて、浮気してるかもしれない彼氏と、結婚なんて考えられないよ)

一人でいたこともあり、ため息をつきそうになったときだった。

「失礼、あなたはもしや、空港でお会いした方ですか?」

不意にうしろから声がかかった。涼しげな低音の響きは聞き覚えがある気がして、南帆はどきっとする。ため息をつく前で良かった、と内心思いながら振り返った。

しかしそこに立っていた相手を見て、南帆の目は真ん丸になる。

「えっ、あなたはもしかして、あのパイロットさん……?」

顔立ちと、かけられた言葉ですぐに察せた。

今日の彼は礼装のスーツ姿だった。ライトグレーのジャケットに、ダークカラーのベストとスラックスを合わせている。

黒髪もフォーマルなアレンジにセットされていて、パイロットの制服姿とはまったく違う素敵な姿だ。

でもどうして彼がこんなところにいるのか、と南帆の胸に疑問が浮かんだ。

「ああ、やっぱり合っていた。ええ、あのときの操縦士です。お式というのはこちらだったのですね」

彼のほうは、人違いではないとわかって安心したらしい。「隣、よろしいですか？」と断り、横に立ってきた。

南帆の胸がドキドキしてくる。こんな場所で再会するとは思わなかったし、それに結婚式で会うなら、自分となにかしらの縁があるということだ。

その通りのことを、彼は説明した。

「新郎……悠吾の友人なんです。あなたは新婦さんの妹さん、ですよね？」

あのとき少し話しただけなのに、覚えていてくれた。南帆の胸があたたかくなる。

「ええ。あ、申し遅れました。私、明井南帆といいます」

肯定してから、名前を伝えていないことに気付いた。遅ればせながら名乗る。

「南帆さん。素敵なお名前ですね。俺は日下航大《くさかこうだい》です」

彼はふわりと笑って、自分も名乗った。それでなんとなく、一緒に話をする空気になる。

「あの日のフライトのあと、悠吾の式に合わせて休みを取りまして……。それで数日、ハワイで休暇を過ごしているところです」

航大が今日の式に参加した経緯を話す。南帆は一気に興味が湧いた。

「なるほど。パイロットさんのお仕事事情は初めて知りました」

パイロットと接するのがそもそも初めてだ。話を聞いてみたくなる。

「パイロットさんは決まったお休みはないんでしょうか？　お忙しそうですよね」

よって、そう話を振ってみる。航大もそのまま肯定した。

「ええ、不定期です。一応、居住地は日本なんですが、ほとんど各国を飛び回っているようなもので……」

流れで航大の仕事の話になった。南帆が「どうしてパイロットに？」と質問したときには、少し誇らしそうな返答があったくらいだ。

「子どもの頃、飛行機の旅で、素敵な機長に出会ったんです」

航大がまだ小学生の頃の話だ。

航大の両親は旅行好きで、航大のこともあちこちへ連れて行ってくれた。よって幼い頃から、飛行機の旅には馴染みがあった。

当時は無邪気に飛行機という乗り物を好きだと思っていたが、ある旅行のフライト中、嵐に巻き込まれた。フライトは遅れに遅れた上に、なかなか空港へ着陸できなくなってしまう。

真夜中で外も真っ暗という状況も手伝って、少年の航大は不安でたまらなかった。

機内も落ち着かない空気だったが、そこへ機長のアナウンスが流れたのだという。

「『絶対、無事で空港へ着陸するので信じて待っていてほしい』という内容で、それがとても頼もしくて、格好良くて。俺は無事に着けると信じることができたんです」

バルコニーの手すりに手をかけ、航大は空へ視線を向けながら、懐かしそうに話した。夕暮れはオレンジ色が深まって美しかった。

「時間はかかりましたが、本当に無事着陸できました。心底安心して飛行機を降りたのですが、そのあと機長にバッタリ遭遇したんですよ」

航大の表情は、もっと優しくなる。南帆はその横顔に、つい見とれてしまった。

機長は少年の航大に、「心配させてすまなかったね」と謝ったという。でももちろん航大は、かえって嬉しくなった。

あの格好良いアナウンスをくれた機長に直接会えたことに興奮して、「あのアナウンスですごく安心できた」と勢い良く話してしまった。

それに対して機長は少し照れたようだが、「ありがとう、これからも頑張れる」と言ってくれた……。

「それで俺はパイロットという仕事に憧れたんです。目指してみたいと思って、それがスタートでしたね」

優しい表情で航大は話を終えた。南帆は感じ入って、息をついてしまう。

「素敵な想い出ですね」

その言葉に、航大はハッとしたようだ。焦ったように口調を変えた。

「あ、すみません、俺の話ばかり……。南帆さんは？　なんのお仕事をされているんですか？」

どうやら気遣ってくれたらしい。嬉しくなりながら、今度は南帆が話す。

「手芸用品店で経理事務をしています。仕事に強いこだわりはないですけど、手芸とか工作とか、手先を使うことが趣味で、その延長で選びました」

航大の仕事に対する熱い気持ちと比べれば、普通で地味過ぎると思って、少し気が引けた。なのに航大は、納得した顔で頷く。

「それだって立派な仕事の動機ですよ。興味があって、楽しめるのが一番です」

南帆の気持ちはすぐに浮上する。普通の仕事なのに、こんなふうにとらえてくれる考え方を、心から尊敬した。

「悠吾から『新婦の妹さんが受付のアイテムを作ってくれた』と聞きました。つまり、あのボードやクマのぬいぐるみは、南帆さんが?」

そこから連想したようで、航大が受付のことを口に出した。

南帆は言い当てられて、照れてしまう。

「はい、自己流ですけど……」

謙遜して言ったが、航大は感嘆した、という表情を浮かべる。

「すごく素敵でしたよ。あんな凝った物をすべて作ってしまうなんて……。それにとても丁寧に作られたんだな、と感じました」

「あ、ありがとうございます」

強く褒められて、さらに照れてしまった南帆だった。

その後も話は弾んで、結局、パーティーの終わりまで一緒に過ごした。

パーティーが終わるアナウンスが流れたときは、航大と過ごした時間が楽し過ぎて、終わるのが惜しく思ったくらいだ。

それを悟ったように、航大が最後に切り出した。懐から名刺ケースを取り出す。

「こちら、俺の名刺です。もしご迷惑でなければ、またお話ししたいなと……」

少し気が引ける、という様子で一枚差し出される。

もちろん南帆が断るはずもない。身分を示す名刺まで渡してくれる誠実さに感じ入って、受け取った。

「ありがとうございます！　私もまたお話ししたいです」

それで名刺のほか、スマホの連絡先も交換する。航大とはその後、別れたけれど、南帆の気持ちはすっかり浮上していた。

（とっても楽しかった。あんな素敵な方とお話しできて、良かったな）

明るい気持ちで、李帆の式は終わる。翌日の夜には帰途につくことになったけれど、楽しい想い出は、南帆の中にしっかり残った。

第二章　別れと再会

日本に帰ってきた休み明け、南帆はお土産を持って出勤した。

勤めている手芸用品店は、毎日バックヤードで朝礼がある。それが終わったあとに紙袋から取り出した。

店には事務員や販売員など、大勢の社員が勤めている。

よってバックヤードもそこそこ広い。在庫や備品は多いが、手先が器用な社員ばかりなのもあり、普段からきちんと整頓されていた。

「連休をいただいて、ありがとうございました。これ、皆さんで……」

上司に渡したメインのお土産は、大箱のチョコレートだ。中身は個包装なので、休憩室に置いておくことにした。

ほかにもちょっとした個別のお土産も渡す。みんなそれぞれに喜んでくれた。

「美味しそうなお土産、ありがとう！」

「写真も素敵だね」

同僚も上司も、結婚式の話を楽しそうに聞いてくれて、南帆はつい色々と話してしまった。

結婚式のことや、ハワイの体験が主な話題だったけれど、航大のことは、なんとなく話さずにいた。

一応、晶という彼氏がいるのだし、それにあのときの会話はとても素敵だったから、自分だけの想い出にしたかったのだ。

（あのときは本当に楽しかった。すごく話しやすい方だったし）

思い出すたび、胸の中はあたたかくなった。結婚式という輝かしい場に、良い想い出がプラスされたと感じる。

でも、肝心の晶は相変わらずだった。

『帰ってきたよ！　お土産を渡したいんだけど、いつ会える？』

南帆が送ったメッセージにも、やはり返信はすぐになかった。

翌日の夜になってやっと返ってきたが、それも素っ気ないものだった。

『ちょっと仕事が忙しい。また調整しとく』

読んだとき、南帆は落胆する気持ちと、いよいよ疑いが募る気持ちを両方感じた。

（本当に結婚どうこう以前に、こんな関係じゃ、付き合ってても意味ないよ……）

そうまで思ってしまい、泣きたくなった。

それでも数日後、向こうから連絡があった。一週間後の休日に会えることになる。

（でもまぁ、こうして会ってくれるんだし。楽しいお土産話をしよう）

そんなふうに思って、嬉しい気持ちと、少しもやもやする気持ちが半々で出かけた南帆だったが、そんな殊勝な気持ちは当日、砕け散ってしまった。

久しぶりに彼氏と会えるのだから、今日はかわいい服を選んでいた。ショート丈のジャケットと、タータンチェックのロングスカートだ。その格好でお土産の袋を持って待ち合わせの駅前へやってきた南帆は、晶の姿をすぐに見つけた。

「晶？　お待たせ……」

だけど時計台の下で、晶の姿を見たときから南帆は嫌な予感を覚えた。おずおずと声をかけて近付く。

今日の晶は短い黒髪を硬めにセットしていた。昔から変わらない髪型だ。ちょっとハードな装飾付きのジャケットと、ジーンズを着ている。

でも南帆と約束していたのに、一人ではなかった。

艶やかな黒髪を背中に流して、すらっと背が高い、ちょっと気の強そうな顔立ちの女性と一緒にいる。タイトなトレンチコートに黒いミニスカートを穿いた彼女とは、明らかに『連れ』という距離感だった。

「ああ、南帆。久しぶり」

彼女に向き合っていた晶が振り返り、南帆を見る。顔のパーツがくっきりしていて、力強さを感じさせるごつめの顔立ちは、もちろん見慣れている。

だけど浮かんでいる表情だけは、初めて見るものだった。どこか歪んだその表情で南帆はすべてを察した。そしてもちろんその通りだった。

「でも今日でもう終わりだ。この子と付き合うことにしたから」

晶ときたら、なにも悪びれる様子なく、さらりと宣言する。

南帆は固まった。

なんとなく感じていたとはいえ、本当に別の女性がいたのだ。

しかも自分と会う約束の場所に、堂々と連れてくるのだ……。

どこからショックを受けていいか、わからないくらいだ。

「そんなの……浮気じゃない！　私と別れる前に決めてるなんて！」

凍りつきそうな心を奮い立たせて、なんとか言った。でも晶はまったく態度を変えない。

「会ってなかったんだから、そのくらい察しろよ。物分かりが悪いな」

横暴なことを、吐き捨てるように口に出す。隣の女性も南帆に見せつける仕草で、晶の腕に身を寄せる。

南帆の胸に、強い嫌悪感が湧き上がった。こんなやり方、あまりに酷い。

ショックと怒り、嫌悪でいっぱいになり、なにを言ったらいいかもわからずにいる南帆の前で、晶はさらに勝手なことを続けた。

「お前だって、会わなくても文句なんて言わなかったじゃん。別に構わなかったってことだろ」

それで終わりだった。晶はちょっと片手を上げて、最後の言葉を口に出す。

「そういうことだから。じゃあな」

隣の女性をうながした。彼女も嬉しそうに晶と腕を組む。

南帆を取り残して、二人はさっさと歩いていってしまった。

数分、南帆は呆然と立ち尽くしていた。頭の中がぐちゃぐちゃで、すぐにどうとも反応できない。

だがここは駅前だ。突っ立っていたら邪魔になる。

やっとそれに気付いて、あたりを見回した。近くにベンチがあった。

ふらふらとそちらへ近付いて、腰かける。しかし座ったことで、少し頭が働いたのか、思考が一気にぐるぐるし始めてしまった。

（なんで……？　会いたいって言えば良かったの……？）

最後に言われた言葉を、何度も考えてしまった。

確かに南帆から、会ってくれないことに対する文句を言ったことはなかった。

少なくとも、ここ数ヵ月はなかった。もう諦めてしまっていたのだ。

だけどそのせいだったなんて。

（毎回、うっとうしそうにしてきたのに……。私は、迷惑になりたくなかっただけなのに……）

頭の中に、ぐるぐると思考が巡る。

でもショックが強過ぎて、まともに考えることもできなければ、涙すらも出なかった。ただ、呆然とベンチに座っているしかない。

一体何十分が経ったのか。

不意にショルダーバッグの中のスマホが震えた。音も出る。

（電話……？）

意識が現実に戻ってきた気がして、南帆はバッグを開けた。スマホを取り出す。

そして着信の表示にあった名前を見て、目を見開いた。

（航大さん……!?）

出ているのは航大の名前だ。

どうして、と思ったけれど、南帆の頭に浮かんだのは、あのとき過ごした楽しい時間の想い出だった。

彼の優しい声や言葉が一気に思い出されて、とっさに応答ボタンを押していた。

「も……もしもし」

耳に当てて応えると、聞こえてきたのはその通り、航大の声だった。

『……ああ、南帆さん。良かった、急に電話なんてかけてすみません』

南帆が応答してくれて嬉しい、と言いたげな声が、優しく響く。

とくん、と南帆の胸が高鳴った。なぜこのタイミングで電話をもらえたのかは謎だったが、凍りついた胸が、それにより解かされた心持ちになった。

『あれからどうしてましたか？　昨日、日本に帰ってきたんです』

航大は嬉しそうな声のまま、話を続けた。

『休暇明けから勤務が多くて少し忙しかったんですが、昨日はハワイからのフライトだったんです。だからあのとき南帆さんに会えて、たくさん話して楽しかったことを思い出しました。やっと日本で休みに入ったので、つい電話をかけてしまったんですけど……』

そこまで言われて、南帆の気持ちは完全に解けた。あまりに優しく、嬉しい言葉だ。熱い感情が一気に溢れる。目からも涙がぽろぽろ溢れ出した。

『……え⁉　南帆さん？　どうかしましたか……？』

南帆が泣き出したのは、電話越しにも伝わったらしい。航大の声は戸惑った。

（いけない、いきなり泣くなんて、迷惑……）

時すでに遅しであったが、南帆は自分に言い聞かせた。なんとか返事を考える。

「す、すみません。なんでも……」

なんでもない、と言おうとしたけれど、それは遮られてしまった。

『なにかあったんですね？　良ければ少し会えませんか？　今、東京にいるんです。南帆さんはどちらに……？』

心配そうな声は、南帆を気遣う響きだった。そんな提案までしてくれる。

南帆は迷った。ただ電話をくれただけなのに、そこまで甘えていいのだろうか。

でもこんな様子を晒してしまって、切るわけにもいかない。

それに、今、一人でいるのは辛かった。向けられている優しい心遣いを受け取りたい、という衝動が溢れる。

ためらったのは、数秒だけだった。南帆は震える声で、現在地を口に出す。

『わかった、そこなら三十分ほどで行けると思います。少し待っててください』

航大の言葉で、電話は切れた。南帆は通話が切れたスマホを見下ろして、少しの間、ぼうっとしていた。

ショックを受けて泣いていたのに、急にこんなことになるとは思いもしなかった。

でも誰かに会えるのだ。きっと話を聞いてもらえる。少し楽になるだろう。

しかもその相手は、素敵だと思っていた航大で……。

南帆の目から、違う意味での涙が溢れた。嬉しいのか、辛いのか、それとも別の感情なのかもよくわからない。

三十分ほどと言っていたけれど、南帆にとっては時間感覚も曖昧だった。

やがて駅前のロータリーに黒い車が停まり、南帆のスマホが再び鳴った。

『今、着きました。黒い車です。細めのシルエットの海外製で……』

電話をくれた航大の言葉に励まされるように、南帆は立ち上がった。

それで車にいた航大と無事、合流する。ドアを開け、車を降りた航大は私服で、深い青色のシャツにテーラードジャケットを合わせ、下はチェックのパンツを穿いていた。

航大の説明通り、車は海外製だった。イルカのようにスマートな曲線のボディだ。

もちろん運転席がロータリーの乗降場所側にある。

南帆は少し戸惑った。海外製の車には慣れていない。でも航大が助手席へエスコートしてくれたので、うながされるままに、中へお邪魔する。

航大も運転席へ戻り、黒い車はそのまま街中へ向かって走り出した。


「すみません、急にこんなお話……」

数十分後。

静かなカフェの一席で、ハンカチを握った南帆は小さな声で謝った。

まだ声は掠れている。でもだいぶ落ち着けた、と思う。

航大が連れてきてくれたのは、個人経営らしい小さなカフェだ。漆喰の壁はあたたかみがあり、木製のテーブルと椅子は、使い込まれて滑らかな質感である。

そんな店内の一番奥の席で熱い紅茶をお供に、南帆は事情を話した。

学生時代から付き合っていた彼氏がいたこと。

最近冷たくされていたこと。

そして今日、浮気を明らかにして、南帆を捨ててきたこと……。

向かいに座った航大は痛ましそうな顔をしながら、すべて聞いてくれた。

「いいや、少し落ち着けたなら良かったです」

南帆が謝ったことで、安心したらしい。航大は穏やかな声で言った。

「そんな仕打ちを受けたら、誰でもショックを受けます。辛かったですね」

おまけに共感するように言われて、南帆の胸はまた熱くなってしまう。

「……はい」

親身に話を聞いてもらえただけでもありがたかったのに、寄り添うように言われて、またぽろっと涙が落ちた。

でも今のものは、どちらかというと安心した気持ちから溢れたものだ。

荒れていた気持ちと思考は、だいぶ落ち着いていた。本当に、一人でベンチにいて呆然としていたときとは天と地ほどの差である。

それに航大がくれた言葉は、受容と共感だけだった。

普通なら「大丈夫」や「また良いご縁があります」といった言葉で慰められてもおかしくない。でもその類のことは言われなかった。

まだ南帆の気持ちがそういう慰めを受け取れるレベルになっていない、と察されたのかもしれない。言い方ひとつからも、航大の優しさと気遣いを、南帆は感じた。

「でも交際していた方がいたのに、あのとき連絡先を聞いてしまって、すみませんでした。不適切でしたね」

ふと航大が違うことを言った。

南帆は驚いてしまう。不適切だなんてとんでもない。

「いえ！　そんなはず……。私が話さなかったんですから」

慌てて否定した。実際、南帆が話さなければ、航大がそんなプライベートのことを知るはずがなかった。

「そうではありますけどね」

南帆の否定に航大は、少し困ったように微笑んだ。本当に誠実なひとである。

一連のやり取りで、南帆の気持ちは余計に落ち着けた。

でももう話を聞いてもらって、一時間ほどは経った。あまり長々付き合わせるのも申し訳ない。

「ありがとうございます。だいぶ楽になりました」

よって南帆はお礼を言った。航大は先ほどよりやわらかな表情で微笑む。

「それなら良かった。今日はゆっくり休んだほうがいいですし、そろそろ行きますか？」

航大がまたしても優しいことを提案する。また甘えてしまうと思いつつも、今は甘えても良いのだろう。南帆も頷いた。

「はい。なにからなにまですみません」

立ち上がった航大に続いて、南帆も席を立つ。

南帆が椅子の背にかけていたジャケットを着ている間に、会計で、航大は先立ってお茶代を支払ってしまった。もちろん南帆は恐縮する。

「わ、私が出しますよ。こんなにお世話になって……」

なのに航大は受け取ってくれなかった。代わりに、優しい笑みを向ける。

「構いません。気になるなら、また会っていただけたら嬉しいです」

そんなふうに言ってもらえて、南帆の心拍は速くなってしまった。こんな醜態を晒したのに、また会いたいと言ってもらえたことに、シンプルにドキドキする。

しかも店を出たあと、航大は南帆を自然な仕草で助手席に招いた。南帆は戸惑いながら、再び乗り込むことになる。

「近くまで送ります。どこが都合良いですか？」

そんなふうに言われて、結局、家の最寄り駅まで送ってもらった。

駅前で降りて、南帆は深々と頭を下げる。

「本当にありがとうございました。すみません、ご迷惑をかけてしまって……」

南帆のそれには、また笑みが返ってきた。

「そんなことはありません。俺が嵐の中で機長の言葉に励まされたように、あなたの力になれたら良かったです」

南帆の心臓は、またひとつ跳ねる。

航大の大切な想い出……今の仕事を選んだきっかけ。

そんな素敵な出来事と重ねてくれるなど、なんて優しいひとなのか。

「では、また」

航大はにこっと笑い、車は去っていった。南帆はドキドキする気持ちで見送る。

ショックと涙はすっかり去った。なくならないものの、桁違いに薄まったと思う。

(航大さんに聞いてもらえて良かった……)

車が見えなくなって、歩き出しながら南帆は噛みしめた。

こんな話、友人や身内にはすぐ話せない。

第三者だったからこそ、素直に辛さを話せたという面もあるだろう。

(本当に立ち直れたら、お礼をしなくちゃ。なにがいいかな……)

考えながら、一人暮らしのマンションへと帰る。

五分ほど歩いただけで、南帆が住んでいるマンションが見えてくる。白い壁の五階建てだ。回り込んで、エントランスのほうへ向かった。

晶のことや、彼にされた仕打ちはもう頭の中になかった。代わりに前向きともいえる思考が浮かぶ。

これもまた航大のおかげなのだ、と思うと、感謝する気持ちのほかに、どこかくすぐったく思う気持ちまでついてきた。

数週間が経ち、南帆は親しい相手に晶とのことを話した。

「なにそれ、最低！　そんなのってないよ！」

女友達に話したときは、憤慨された。晶との交際が長かったことを知っている子だったので、余計に怒ってくれたものだ。

「残念だったけど、別れて正解だよ。南帆のこと、ちゃんと大事にしてくれるひとが、きっといるはずだから」

姉の李帆に話したときも同じだった。南帆の幸せを願い、今後のことを前向きにとらえさせてくれる李帆の言葉を、落ち着いてきた南帆は素直に受け取れた。

気持ちが落ち着いたゆえに、身近なひとたちに話を聞いてもらえて、南帆は着実に立ち直っていった。

ただ、李帆に「大事にしてくれるひと」と言われたとき、頭に浮かんだのは航大のことで、南帆はちょっとくすぐったくなった。あのときとても優しく、親身になって助けてくれたのを強く思い出したのだ。

カフェでのあの時間は、南帆にとって大きな癒しだった。よって今では、良い想い出ともいえる。

（あんなに優しいひともいるんだから、きっと大丈夫だよね）

そんなふうに思えて、気持ちは立ち直るのを通り越して前向きになったくらいだ。

晶との別れから一ヵ月ほどが経った。六月に入った頃には、南帆の心も完全に落ち着いていた。外ではしとしと雨が降る日が増えているが、その雨も心を鎮静化させてくれたようだった。

もう大丈夫だと自分自身で確信が持てた日、南帆は航大宛てに、スマホからメッセージを打った。

『あのときは本当にありがとうございました。気持ちもすっかり落ち着きました』

航大にメッセージを送るのは、カフェで過ごした日の夜以来だった。

でもあの日はまだ気持ちが落ち着ききっていなかったから、話を聞いてくれたことへの簡単なお礼だけだったのだ。

だから改めてお礼と、自分の現状を入力し、送信した。

航大は仕事中だったのか、返信があったのは数時間後だった。

『それなら良かった。安心しました』

丁寧な返答に、南帆は嬉しくなる。そこから少しやり取りをした。

『心配だったんですけど、あの日のことを思い出させてしまうかなと思って、こっちから連絡しないでいたんです』

確かに一ヵ月の間、向こうからの連絡はまったくなかった。

でも南帆を気遣ってくれたゆえのものだったのだ。

航大からそう届いたとき、南帆は胸が熱くなった。

(また気遣ってもらっちゃったんだ)

短いメッセージなのにそう読み取れて、そっとスマホを握りしめたくらいだ。

『お礼をしたいんです。近いうちに会えませんか?』

次に送ったのは、誘いの言葉だった。

入力するとき、なぜかドキドキしながらになった。ただのお礼なのに、また会えるというのを妙に意識してしまう。

『お気遣いありがとうございます。せっかくなので、甘えましょう。次の日本でのまとまった休暇が、ちょうど一週間ほどあとにあるので……』

航大からもすぐに受け入れられた。南帆はその文面を見て、ドキドキがもっと高まるのを感じる。

また会えるというほかにも、今度は落ち着いている状態で話ができるのだ。

なにしろ、前回親切にしてもらっただけではなく、出会ったときから素敵だと思っていたひとと過ごせるのだ。シンプルに嬉しいと思う。

それで約束は取りつけられた。メッセージが一段落したあと、南帆は用意した『お礼』に、ちらっと視線をやる。

自分の感謝の気持ちが少しでも伝わればいいと思う。

そして喜んでくれたらもっと嬉しい……などと思ってしまって、また胸は心地良く騒いだのだった。


一週間後の当日は、梅雨の晴れ間の日になった。太陽が出ていて湿気も少なく、心地良い空気の中で、南帆はある店の前に立っていた。

航大と待ち合わせたのは、南帆の家から電車で三十分ほどの場所にある、駅近くのレストランだ。「せっかく会うなら食事でも……」という話になったのだ。

それで航大と南帆、それぞれの住まいの中間地点あたりが良さそうだと、二人で決めた。

店は航大のおすすめだ。レストランと聞いていたので、南帆はきちんとした格好をしてやってきた。

淡いベージュ色のワンピースに、薄手のジャケットを羽織り、革製のしっかりしたバッグを持つ。足元は少しヒールが高いパンプスだ。お礼の品が入った紙袋もちゃんと持ってきた。

その格好は、きっとこの場にふさわしいものだった。

(良さそうなお店だなぁ。この格好なら、浮かなそう)

地図を見て着いたレストランは、シンプルながら門構えが立派で、建物も白い壁と黒い屋根の、モダンな雰囲気だ。南帆はそのように感じて安心した。

「南帆さん！　お待たせ」

やがて航大が片手を上げて、駐車場のほうから近付いてくる。

今日の航大も南帆と同じく、かっちりした格好だった。淡い色つきシャツに紺色のジャケットを合わせ、下は折り目のついたスラックスだ。もちろん革靴である。

彼の車が走ってくるのを見たときから、またドキドキする気持ちが湧いてしまった南帆は、そんな素敵な格好の彼と合流して、顔が明るくなるのを自覚する。

「こんにちは。今日はありがとうございます」

挨拶し、お礼を言う。自分がお礼の物を渡すためなのに、貴重な日本での休日をわざわざ使ってくれたのだ。それだけでも胸が熱くなった。

「いいや、また会えて嬉しいです。入りましょうか？」

航大も笑顔になる。彼のうながしに南帆は弾んだ声で答えた。

「はい！」

どうやら航大が予約をしてくれたようで、スムーズに席へ通された。

「素敵なお店ですね」

窓際の席に座った南帆は、内装を褒める。心からの言葉だ。

店内は外観と同じく白い壁で、黒い丸テーブルの席が並ぶ。黒い椅子の座面には、やわらかいクッションが張ってあって、座り心地が良い。

壁には現代アートの絵画が飾られていて、洗練された雰囲気だった。

「気に入っている店なんです。街中で食事をするとき、よく入ります」

航大も南帆が店を気に入ったのを嬉しく思ったらしい。顔をほころばせて話す。二人は店員に出されたメニュー表を見て、オーダーを決めた。

互いの仕事や近況についての何気ない話をするうちに、料理がやってくる。

運ばれてきたランチセットに、南帆は顔を輝かせてしまった。

白い大きな平皿の真ん中には、ふっくら丸いハンバーグがのっている。とろっとしたチーズがかけられて、にんじんやじゃがいもなどの蒸し野菜が彩りを添えていた。

別の皿に、サラダとコンソメスープ、ライスが付いてくる。手をかけて丁寧に作られたのが、ひと目で見て取れた。航大が気に入るのも自然である。

「美味しいです！」

ハンバーグを切り分けてひとくち食べた南帆は、頬を押さえたい気持ちになった。

南帆の反応に、同じ料理にナイフを入れていた航大も、「良かった」と微笑む。

素敵な食事は和やかに進み、話も弾んだ。

食後には、お茶とシャーベットが出される。

いくつか種類がある中で、南帆はレモンのシャーベットと、アイスティーをオーダーした。航大も同じシャーベットと、それからアイスコーヒーを頼む。

ガラスの器に入ったシャーベットを先に食べ終えたあと、南帆は遅ればせながら、持ってきた水色の紙袋を荷物入れから取り上げた。航大に差し出す。

「先日は本当にありがとう。話を聞いてもらえて、すごく助けられたの。これ、ささやかだけどお礼に……」

食事をするうちに、敬語はなくなっていた。「かしこまる関係でもないし」と航大が提案して、南帆も同意だったので、そう決めた。

「大したことはしてないよ。でも嬉しいな。ありがとう」

航大は謙虚なことにそう言ったが、受け取ってくれた。

「開けていいかな？」

聞かれた南帆はもちろん頷く。

紙袋から紺色の平たい箱を取り出した航大は、丁寧な手付きで白いリボンをほどいて、包み紙を剥がし……とラッピングを開けていく。

真ん中に仕切りがある箱の中に並んで収まっているのは、ハンカチとチョコレートだ。目にした航大が目元を緩めた。

「いい色だね。ハワイの空を思い出させるな」

航大は、まずハンカチを手に取って褒めてくれた。

シンプルながら上質なハンカチは、澄んだ水色だ。南帆が選んだ際に連想したのと同じことを言うので、くすぐったくなってしまう。

「チョコレートもありがとう。このチョコレート、なんだか懐かしい」

隣に入ったチョコレートについても、そう言ってくれた。チョコレートはやや大粒で、それぞれカラフルなホイルに包まれている。

でも言い方に、南帆は疑問を覚える。

なにか想い出がありそうだけど……。

「学生時代のアルバイト先で、ここのチョコレートを扱ってたんだよ」

質問しようかと思った南帆だが、航大が先に理由を口に出した。

南帆は納得すると同時に、別の疑問を抱く。そのまま聞いてみた。

「チョコレートブランドで働いてたの？」

チョコレート一粒にも、製造や販売など色々な職業が関わっているが、どれなのか。

しかし航大の答えはどれでもなかった。

「いや、飲食店だよ。バーでおつまみのひとつにね」

南帆ももう一度納得した。確かにそれも『関わり』の一種である。

でもなんとなく、頭に浮かんだことがあった。ぼんやりとであったが、昔の記憶が刺激される。

（飲食店？　バー？　そこで出るチョコレート……？）

南帆の反応に、連想が浮かんだと悟ったらしい。航大は微笑を浮かべる。

「知ってるかな。『ル・シェッド』って店なんだけど」

言われた店名に、今度こそ南帆はしっかり思い出した。

南帆が知っている『ル・シェッド』といえば……晶が学生時代にアルバイトをしていたカフェバーだ。

「……うん。行ったこと、ある」

驚いて、数秒言葉が途切れてしまったあと、南帆は答えた。まさかこんな繋がりがあるとは思わなかったのだ。

「やっぱり。北尾くんの彼女として、来てくれてたよね」

どうやら正解だったらしい。航大はもっと懐かしそうな目をして、南帆の記憶を言い当てた。


カフェバー『ル・シェッド』は、晶が当時通っていた大学近くの店だ。

昼間はカフェで、夜はお酒も出るその店はフレンチをメインとしていた。

カフェタイムでも、照明が薄暗い店内だった。天井のランプをはじめ、壁、テーブル、椅子など、どれも年季が入っていた。たまに訪ねていた南帆も、密やかな雰囲気を素敵だと思っていた店だ。

姉の挙式のとき、南帆は『晶と悠吾が同じ大学だった』と知ったのだが、航大も当時、その近くに住んでいたそうだ。

航大は航空系の学科がある大学に通っていたので別の学校だったが、悠吾とは高校時代からの友人だったために、住まいも近かったのだと話してくれた。

当時の航大は、学業だけでももちろんとても忙しかった。それでもその間を縫ってまでアルバイトをしたのは、接客を学びたかったからだという。

パイロットは直接乗客と接することはないけれど、サービス利用者の気持ちを知るのは大切だから、という動機からだった。

それはともかく、アルバイトのことである。

当時、晶は大学一年生で、航大は大学四年生だった。

十八歳の晶はカフェタイムだけの勤務だったが、二十歳を超えていた航大は昼と夜、両方に入っていた。晶と同じシフトになる機会もあった。

そのとき、店を訪ねていた南帆を見かけたのだという。

「北尾くんの彼女だって紹介されて、かわいい子だなと思ったのがスタートだったな」

話すうちに、航大はちょっとくすぐったそうに言った。聞く南帆も、昔の自分をそんなふうに言われて、少し照れてしまう。

「冬頃だったかなぁ。お客さんのお子さんがぬいぐるみを壊して泣いちゃって……」

言われた想い出は、南帆も覚えていることだった。なにしろ当事者だったのだ。

「うん。ちょうど裁縫セットを持ってたから、直してあげたんだった」

何気ない記憶だが、だいぶ久しぶりに思い出して、懐かしくなった。

カフェのお客が連れていた幼稚園児くらいの子どもが、ひょんなことで、持っていたぬいぐるみの腕をほころばせてしまった。

壊れちゃった、と泣いたその子を見た南帆は、見かねて声をかけたのだ。

『大丈夫だよ。良かったら直してあげようか』

そう声をかけて、母親にもひとこと言い、ぬいぐるみを縫って、しっかり繋げた。

『ありがとう、お姉ちゃん！』

子どもは笑顔に戻ったし、母親からも厚くお礼を言われたものだ。

「その様子を見て、感心したんだ。なんて優しい子なんだろうって。お店でただ同席しただけの子も、笑顔にしてしまうようなひとなんだって」

想い出話のあと、航大は優しげな声で言った。まるで当時の気持ちがそのまま声に出ているような言い方だ。

南帆はもっと照れてしまう。

自分の特技を活かして助けてあげられるなら、と声をかけただけだったのに、見ていて、こんなふうにとらえてくれるひとがいたなんて。

しかもそれは、今まさに目の前にいる素敵なひとなのだ。

「でも北尾くんの彼女なんだし、あんまり接点を持つのもいけないかなと思って……必要なこと以外は声をかけられずにいたんだ」

航大の声が、ちょっと悔やんでいるような響きになった。南帆は彼の、当時からの気遣いを思い知る。驚いてしまった。

それに自分も同じだったのだ。

(昔の晶は独占欲が強かったから、ほかの男のひとと話すと怒ったりして……。私は素直に、ほかのひととの関わりを減らそうとしてたんだ)

当時の自分を思い出して、胸が痛む。彼氏だった晶のことを大切にしていたゆえの行動だったが、そのために、自分に好感を持ってくれていたひとを、ちゃんと見てもいなかった。

「でも北尾くんは、ちょっと態度が横柄だったっていうか……。きみをあんまり大事にしているように見えなくて。見かねて『もっと彼女を大事にしろよ』って言ったこともあったな。聞く耳持たずだったけどさ」

当時感じた痛みを思い出しているという顔で、航大は困ったような笑みを浮かべた。南帆の胸は、とくとくと騒ぎ出す。彼からこんなふうに言ってもらえる理由が頭に浮かんだのだ。

「だから当時の俺は悔しかったよ。俺ならあんな態度は取らないのにって、何度思ったことか」

痛みが滲んだ目で、静かに言われる。南帆の胸の騒ぎはもっと強くなった。

それと同時に、胸の奥から湧いてきたものがあった。確信に似た気持ちだ。

(何年も前に、あんなところで出会っていたなんて……。これは偶然じゃない。必然の出会い、なのかな)

思えばあの空港で助けてもらったとき、航大は南帆の顔を見て、ちょっと驚いたようだった。それはつまり南帆のことを見ていて、覚えていてくれたからだろう。

(なのに私は……)

また胸がちくりと痛む。真っ直ぐな航大の気持ちを、自分の事情で無下にしていたように感じたのだ。

「そういう想い出があったから、こうして再会して、正式に知り合えたのも、なにかの縁だと思うんだ」

航大が少し姿勢を正した。

南帆の心臓が、どきんと跳ねる。さっき頭に浮かんだことは、きっと現実になるのだと悟った。

「それに付き合っていた相手から、あんな仕打ちを受けたと知ったら、今度こそ黙って見てなんていられない」

南帆を正面から見つめ、航大が話し始める。声には強い決意が宿っていた。

「俺はきみを初めて見たときから、素敵な女性だと感じていた。でも、今の気持ちは少し違う」

南帆はドキドキ速くなった鼓動を抱えながらも、話す航大を見つめ返す。航大の、硬いながらも、はっきりとした声での話が続いた。

「カフェの片隅で感じた、ほのかな想いじゃない。悠吾たちの結婚式で再会して、きちんと向き合って、深く話してみたら、もっと惹かれてしまった」

航大の視線が少し緩んだ。その眼差しで南帆は、結婚式のとき、あのバルコニーから一緒に空を見たひとときを思い出した。

あのときよりもっと優しい空気の今、ここで二人の間に流れる時間は特別なものに感じられた。南帆は胸の高鳴りがさらに強くなっていくのを自覚する。

真っ直ぐな瞳で、航大は核心になる言葉を大切そうに口に出した。

「今だってそうだ。会えば会うほど、きみへの想いは募ってくるんだ。良かったら、俺と付き合ってくれないだろうか?」

熱い気持ちを真摯に告げられて、南帆の胸は一気に熱くなった。彼のどんどん深くなっていった想いが、この言葉だけで強く迫ってくる。

「あの頃のきみは、どこか苦しそうだった。酷い仕打ちを受けて泣いていたときも、心が痛んだ。俺なら絶対に苦しい思いなんてさせない」

強い決意と愛がこもった瞳で言い切られる。

南帆の胸へ真っ直ぐに飛び込んできたそれは、胸の中を甘く、きゅっと刺激した。

それに航大の言葉で、当時のことをはっきり思い出してくる。まるで糸をたぐり寄せるように、次々と想い出が浮かんできた。

(そういえば晶を待つ間、スタッフさんがお茶を出してくれたことがあった……。『後輩の彼女にサービスです』って、チョコレートも添えて……)

薄暗いカフェの片隅で、熱い紅茶と、二粒のチョコレートを出されたこと。

そのひとの気遣いをとても嬉しく感じたこと……。

(それで私、ここのブランドのチョコレートが好きになったんだよ。あの方、思い返せば航大さんだったんだ)

想い出は確信に変わる。

昔から、何度も細やかな気遣いをもらっていたのだ。

そして今も……。

(あのときも、気遣ってもらえて嬉しかった。ハワイで会って助けてくれて……あの結婚式でお話しして……。晶に酷い振られ方をして泣いてたときも……)

南帆の脳裏に、航大と過ごしたこれまでの記憶が巡る。

どのときも彼は優しかった。

それに優しいだけではない。南帆のことをよく見て、考えて、行動してくれた。

(航大さんこそ、あれからもっと素敵なひとになっていたんだ)

過去の彼と、今、目の前にいる彼の両方から南帆は実感する。

航大が言った『もっと惹かれた』という言葉は、軽い気持ちであるはずがない。

再会以来、何度も南帆に接して、南帆の本質を見てくれたから出てくる言葉だ。

告白への答えはすぐに思い浮かんだ。

自分からも、少しずつ惹かれていった相手なのだ。

断る理由なんてないし、それどころか、航大から差し出されている優しい気持ちを受け取れば、きっと幸せになれるとわかっている。

でもなにしろ、以前からの関係と航大からの深い気持ちを知ったのはたった今だ。

彼の誠実な気持ちに対して今の自分の感情はふさわしいのか、ためらってしまう。

南帆のその気持ちは、悟られたのか。航大は返事を急かすことはなかった。

「返事は今度でいい。でも前向きに考えてもらえたら嬉しいな」

やわらかな笑顔で言われる。

今度もまた、南帆の気持ちを優先して、大切にしてくれる言葉だった。南帆の胸が、じんわり熱くなる。

この日はこれで解散することになった。

でもお会計のとき、南帆は慌ててしまった。

「俺から提案した店だから、俺が払うよ」

航大はさらりと言い、財布からカードを出したのだ。

「ダメだよ、私がお願いして会ってもらったんだから、せめて自分のぶんくらいは出させて」

焦りながら、言い募る。最終的に、それぞれ自分のぶんを払うことになり、南帆はほっとした。あまり甘えてばかりというのも悪い。

航大が駅まで車で送ってくれて、そこで別れた。

電車で帰る間、南帆の胸は熱いままだった。

返事は決まっている。

でも航大が気遣ってくれたのだ。

もう少し、自分の気持ちと向き合ってみたい。

それが彼の真っ直ぐで誠実な想いに対する、なによりの答えになるのだから。

雨の降る日が多い中、南帆は普段通り仕事に出ながら、空き時間には航大のことをたくさん考えた。

学生時代、自分の意識が及んでいないところで、初めて出会っていたと聞いたときは大いに驚いた。

でも現在の交流を考えるとこの再会も必然のように感じられて、感動すら覚える。

出会ってから今まで、航大はずっと優しかった。

今のところ、二人はまだ特別な名前が付く関係ではないのに、そういう相手に対しても丁寧なのだ。接するひとを心から尊重しているのだとわかる。

だから南帆が告白に即答できない理由を挙げるなら、ただ一点だ。

これほど大きな優しさ……いや、彼の中の想いを加味するなら、もし南帆が受け入れれば、それは『愛』になる類の感情である。

そんな大切な『愛』をくれる航大に対して、自分の気持ちは釣り合っているのだろうか、という点である。

『優しくされたから』という理由で、受け入れようとしていないだろうか。

もちろん心の底では、そんなわけはないとわかっている。

再会して、南帆からも本当に彼と向き合うことになった。

それで過去の彼も、現在の彼も、素敵だと思った。

行動も言葉も声も、それから仕事に対する姿勢などの、恋愛以外の面も……。

航大に惹かれるだけの、大きな魅力を実感している。

でもどんな言葉にして伝えればいいのだろうか。

毎回、行動という形で南帆への想いを表してくれた航大に対して、説明で済ませるのは軽過ぎる気がした。

（うーん……。気持ちの伝え方ひとつも自信が持てないなんて……）

そのように色々と考えていた、ある日のこと。仕事の休憩中に南帆はちょっと悩んでしまった。

手持ちの作業が一段落したので、窓際のソファで小休憩をしていたところだ。

職場で使っている自分用のマグカップにティーバッグであたたかい緑茶を淹れた。

今日は朝から降っている雨のためか、少し冷える。肩からかけたカーディガンを、そっと掻き寄せた。

そのとき、カーディガンの水色が目に入る。空のような色に感じて、南帆は苦笑してしまった。

ただの色だというのに、あのとき見たハワイの空と、自分がお礼に選んだハンカチといった物が連想されたのだ。

それほどまでに、自分は航大のことばかり考えている。

ならば迷う必要はないのかもしれないけど……。

（あれっ、メッセージ？）

そのとき、カーディガンのポケットに入れていたスマホが軽く震えた。条件反射のように、どきっと軽く心臓が跳ねる。

(もしかして……?)

期待しながらスマホを取り出し、画面をつける。

しかし表示された名前は、想像したひとではなかった。

『南帆、久しぶり! 昨日、職場のひとからゼリーをもらったの。でもちょっと多くて、悠吾と二人じゃ食べきれなくて……。久しぶりに南帆とも会いたいし、良かったら遊びに来ない?』

姉の李帆からだった。嬉しいお誘いだ。

でも南帆は苦笑いになった。今度のものは、自分の過剰な期待に対する苦笑だ。

本当に、航大のことばかり頭にあるのではないか。

彼から連絡が来たら嬉しい。

いや、彼からの連絡が欲しい。

そんな願望ばかり、大きくなってきている。

だけど李帆からの連絡も嬉しい。しかも素敵なお招きだ。

南帆の気持ちは、すぐに目の前のメッセージに戻ってきた。

『いいの? ありがとう! じゃ、次の日曜日はどうかな?』

嬉しい気持ちのままに、明るい絵のスタンプを入れて、返信する。

そのままやり取りはぽんぽんと進み、南帆の希望通りの日にちに決まった。

李帆に会えるのも、約一ヵ月ぶりなので、素直に楽しみだ。

それにその日は、義兄になった悠吾も家にいるのだという。ゆっくり話ができるだろうし、二人の新居にお邪魔するのはまだ数回目だから、それ自体も楽しみだ。

(少し気分が変わるかも。そうしたら航大さんとのことも、違う視点から考えられるかもしれないな)

そんな期待が生まれて、南帆はソファから立ち上がった。

そろそろ次の作業も頼まれるはずだ。仕事に戻らなければいけない。

今日も空の上で真剣な仕事に取り組んでいるだろう航大と同じように、自分も日常をきちんとこなすのが、今は一番大切なことだ。

玄関横にあるチャイムのボタンを軽く押せば、ピンポーン、と軽快な音が響いた。

やや曇り空の日曜日、南帆は李帆たちの新居を訪ねていた。

もうだいぶ蒸す季節なので、半袖の服を選んだ。ベージュ生地に黄色でチェック柄が入っている、膝丈のワンピースだ。その上から薄手のカーディガンを羽織って、足元はサンダルにした。髪もすっきりアップにまとめた。

新居はマンションである。まだ新しいマンションで、部屋は六階だ。もう何回か訪ねているので、オートロックを開けてもらえば、自分で部屋まで辿り着ける。

「いらっしゃい！　南帆」

すぐに玄関が開いて、李帆が顔を出した。

白いシフォンのブラウスと、ピンクの明るい花柄のスカートを身に着けた李帆は、髪が少し伸びたらしい。ボブだった髪は、肩につく長さになっている。

でも優しい笑顔は子どもの頃からずっと変わらない。南帆の顔にも笑みが溢れた。

「お邪魔します！　今日はお招き、ありがとう。これ、良かったら……」

挨拶して、手にしていた紙袋を差し出す。李帆もためらわずに受け取ってくれた。

「ありがとう！　……わ、懐かしい！　今は近くにお店がないから嬉しいな」

紙袋の口を開けて中の箱を見ただけで、李帆の顔は輝く。箱だけで知られたことに、南帆はくすっと笑ってしまった。

手土産は、李帆の好きな店のバウムクーヘンだ。

子どもの頃から李帆が好きだったお菓子で、李帆の言う通り、この近所にはないと知っていたからチョイスした。

「いらっしゃい、南帆ちゃん。久しぶり」

玄関でやり取りしているうちに、奥から悠吾も出てくる。ゆるっとしたジーンズに、ポロシャツを合わせたカジュアルな服装で、トレードマークの黒縁眼鏡の奥には優しい笑みがある。

「こんにちは！　ご無沙汰してます」

南帆も笑顔で挨拶した。今日は家というプライベートな場所だから、心置きなく話ができそうだ。

早速リビングに通された。ライトブラウンを基調とした八畳ほどの部屋で、壁には悠吾の好きな本が詰まった本棚と、李帆好みの雑貨が並んだラックなどが置いてある。真ん中に長テーブル、そして三人がけのソファが設置されて、ほかにはテレビなどの普通の家具が据えられていた。南帆は勧められたソファに腰かける。

やがて李帆がお茶を運んできた。ティーカップの紅茶は、ほかほかと湯気を上げている。南帆の来る時間に合わせて淹れてくれたらしい。

それに今日は李帆が、例のいただき物のゼリーを出してくれるはずだ。きっと冷たいお菓子だからホットティーなのだろう。南帆は細やかな気遣いに感じ入る。

「ゼリー、冷やしておいたよ」

李帆が続いて持ってきたのは、オシャレな見た目のゼリーだった。中に色々なフルーツが入っている。

「素敵！　宝石みたいだね」

勧められた中からさくらんぼの物を取った南帆は、底のほうを見て顔を輝かせた。透明なゼリーの中に閉じ込められたさくらんぼは、赤い宝石のように艶やかだ。

「ちょうど季節だからねぇ。こっちのマスカットも綺麗だよ」

李帆はマスカットを取ったようで、こちらへ見せてくる。ほかにもう一種類マンゴーのゼリーもあって、悠吾はそれを選んでいた。

そんな見た目も綺麗なお菓子をお供に、おしゃべりが始まった。

悠吾と李帆の新生活について。

共働きにした仕事も、家事の分担も上手くいっているという話。

南帆の近況について。

仕事で褒められて、任されることも増えたという話。

久しぶりに会ったのだから、話は弾んだ。

ゼリーがなくなり、お茶も二杯目になった頃、ふと悠吾が違うことを切り出した。

「南帆ちゃん、航大と知り合ったんだって？」

急に航大の名前が出てきて、南帆はどきっとした。

悠吾とは親しい友人の航大だから、話題に出てもなんの不思議はないが、先日彼に告白された身としては、意識してしまう。

「あ、はい。日本でも何度かお会いして……」

でもまだ航大にはっきり返事をしていないので、恋愛的にどうこうということは話せない。無難に返した。

悠吾も南帆の元カレの件は知っている。

少し前に李帆から「悠吾に話してもいいかな」と聞かれたので、義兄には知ってもらってもいいと思って、了承した形だ。だからその話は今、出ないはずで、それには安心できた。

「そっか！　南帆ちゃんと話すのは楽しいって、珍しく明るく言ってたから、俺も嬉しくなってね」

悠吾はお茶のカップを手に、にこにこしている。上機嫌といえる様子だ。

でも悠吾の態度にも、言葉のある部分にも、南帆は少し引っかかった。

「『珍しく』なんですか？」

それとなく、になるよう聞いてみる。

南帆の質問に、悠吾はちょっと笑った。今度は少しだけ眉を寄せて、どこか切なげな笑みだ。

「うん。ここだけの話だけど、航大さ、学生時代、付き合ってた彼女に裏切られたことがあるんだよ」

カップをテーブルに置いてしまい、悠吾が痛ましげに言ったことに、南帆はギクッとした。『裏切り』なんて穏やかな話ではない。

「だから……ほら、南帆ちゃんも大変なことがあっただろ。余計に放っておけなかったんだと思うな」

悠吾は表情を変えないまま話す。自分の話とリンクするような内容に、南帆は驚いてしまった。

優しくしてくれた航大の行動の裏に、こんな事情があったのは初めて知った。

「信じてた彼女に裏切られたショックで、航大はしばらく恋愛を考えられなかったって言ってたんだ。その航大が、あんなに明るく南帆ちゃんのことを話したから、俺も安心してさ」

悠吾の声は穏やかになってきた。航大のことを友人として、とても大切に思っているという、優しい響きだ。

「……そうだったんですね」

南帆が返せたのは、相づちだけだった。

自分と接することで、航大は以前より明るい様子になったのだという。

それはつまり航大にとって、南帆と過ごすからこそ楽しい気持ちでいられる、ということだ。シンプルにそうとらえて良いのだと思う。

そんなこと、嬉し過ぎる。

自分を気遣うだけではなく、航大のほうからも、自分と過ごして、良い感情を覚えてくれるなら……。

「そういう優しいやつなんだ。だからよろしくな」

でもその後、悠吾がちょっと茶化すような言い方でそんなふうに言うので、南帆は慌てた。どきんっと胸も高鳴る。

まるで悠吾が南帆たちの現状を知っていて、後押ししてくれたように感じたのだ。

いや、李帆にも話していないから、彼が知るはずもないけれど。

「ちょっと、勝手に話を進めないでよ。そういう方向になるとは限らないでしょ」

慌てたのは李帆だった。軽く悠吾をにらんで、いさめる。

だけど悠吾は悪びれなかった。まるで確信しているかのように、しれっと言う。

「いや、でも実際、お似合いだと思うからさ」

そんなふうに言われて、南帆は余計にドキドキしてしまったが、李帆はさらに困ったらしい。眉をひそめて、軽く息をついた。

「もう……。南帆、悠吾が勝手なことを言ってごめんね。気にしないで」

フォローするように言う李帆に、南帆は笑い返した。

「う、ううん。その、航大さんが楽しく思ってくれるなら、私も嬉しいよ」

まだドキドキしていたから、ぎこちない言い方になってしまったものの、本当の気持ちだ。それに聞けて良かった、とも思う。

やがて話題は別のほうへ行き、結局夕方まで過ごした。

夕暮れが濃くなる頃、「買い物ついでだから」と言う二人に、南帆は送ってもらうことになる。

車に乗せてもらって、自宅のマンションに着いた。「またね」と去っていく二人に手を振って別れて、中へ入る。

エントランスを歩くうちに、南帆は悠吾が話してくれたことを思い出していた。

(航大さん、「俺なら絶対に苦しい思いなんてさせない」って言ってくれた……。でも航大さんだって、もう辛い思いをしたくないはずだよ)

エントランスの突き当たりにあるエレベーターのボタンを押す。やってくるのを待った。その間にも考え事は続く。

（航大さんも、私と一緒にいて、楽しくて、明るい気持ちになってくれてたんだよね。それなら……）

悠吾の話から知ることができた航大自身の感情について。

考えれば考えるほど、南帆の気持ちは固まっていった。

（一緒にいたら、信頼し合って安心できる気持ちを、私もあげられるかな？）

部屋に着き、中へ入る頃にはそんな考えに辿り着いていた。

そして自分はそんな素敵な関係を、航大と築いてみたいのだというのも自覚する。

答えは決まった。

『どう伝えたらいいのか』という迷いも、今はない。

自分の思うことをそのまま言えばいいのだ。

それなら単なる説明になんてならないし、航大は南帆の伝えたいことを、そうして正しく受け取ってくれるひとなのだ。

心が決まったなら、なるべく早く伝えたい。

そう考えた南帆は、その日のうちに航大に連絡を取った。

『お仕事、お疲れ様。この間のことについて、お話とお返事をしたいんだけど、ご都合はどうかな？』

ドキドキしながら打ち込み、メッセージを送信した。

今日も仕事中だったようで、返信はまた数時間後だった。でもとても丁寧な内容が返ってくる。

『連絡ありがとう。今、マレーシアへ来てるんだ。次のフライトが終わったら一日休みがあるから、そのときに電話をかけてもいい？　日本でのスケジュールや、会えそうな日について、直接話し合いたいな』

南帆は彼が忙しい時間の中でも、自分にしっかり向き合ってくれているのだと実感して、胸が熱くなってしまった。

その電話で日程も決まり、七月に入ってすぐの頃、待ち合わせることになった。

今度こそ自分の想いを話して、航大に返事をするのだと思うと、南帆はドキドキする気持ちがまったく収まらなかった。

（会えるときはなにを着ようかな。もうすっかり暑いから、夏っぽい格好がいいよね。せっかくだから新しい服を買おうかな……）

そこまでわくわくしてしまい、気付いたときは自分に苦笑した。

心が決まって落ち着いたから、ここまで単純に楽しみにできるのだろう。きっといいことだけど、ちょっとはしゃぎ過ぎで、気恥ずかしくなる思考だった。

楽しみな気持ちが募る一方だった日々を過ごして、ついに約束した当日になった。

会うことになった場所は、南帆の住まいの隣駅にあるカフェだ。

今度は南帆がおすすめの店を紹介することになっていた。

「南帆さんの好きな店があるなら教えてほしいな」と言われたとき、南帆は嬉しくなってしまった。航大から興味を持ってもらえるなんて、一番お気に入りのお店へ連れて行かなければ、と思った。

待ち合わせ場所は、その店まで歩いて行ける距離の駐車場である。店には駐車場がなく、近隣のコインパーキングに停めるシステムなのだ。

そこなら車で来る航大とすぐ合流できるし、南帆が店へ案内できる。

航大が前日に日本へ帰ってくるスケジュールだったので、午後の時間を選んだ。

航大は「朝からでもいいよ」と言ってくれたが、なにしろ彼の仕事は激務だ。

無理をさせたくなかった南帆は「急がないから」と話して、それでお茶の時間にした次第だ。

この日は日曜日で、南帆も休みだ。せっかくの休日だから、待ち合わせ前の空き時間に、少し駅ビルでも見たい。よって早めに家を出ることにした。

今日は新しく買ったひまわり柄のかわいらしいワンピースに、白いボレロを羽織った。髪は暑い中なので、ゆるっとシニヨンにする。レースの髪飾りを添えて、かわいくできた、と満足した。

夏らしいコーディネートに合わせて、かごバッグを持った。見た目に反して意外と物がたくさん入るところも気に入って買ったバッグだ。足元は白いサンダルを履く。

支度も完璧になり、お昼前に出発した。

外はだいぶ日差しが強い。もう気候はすっかり夏なのだ。

日焼け防止のために、南帆は晴雨兼用の日傘を持って出た。

天気予報では『終日晴れ』と出ていたので、建物内ではしまえるように、折り畳みタイプを選ぶ。フリルが控えめに付いたこの白い日傘はお気に入りだ。

日傘をさして、駅まで歩く。最寄り駅から一駅だけ電車に乗って、隣駅へ。

隣駅はターミナル駅で、駅ビルも大きい。見る場所もたくさんある。

まず軽くランチを済ませて、その後は普段気に入っている服屋、雑貨屋、スイーツの店……。色々と見て回った。

でもその間にも、時計をチラチラと気にしてしまう。

(あと何時間で……何分で会えるかな)

時間を確認するたびに、自分が浮き足立っているのを自覚して、また気恥ずかしくなったけれど、素敵なドキドキだと思う。

やがて待ち合わせ時間の十四時が近付いてきた。少し早めに向かうことにする。

カフェもしっかり予約をしておいたし、向かえばすぐ席に着ける予定だ。

南帆は駅ビルの出入り口へ向かい、外へ出たのだが、そこで少し目を丸くした。

(夕立でも来そう……。夏のお天気は変わりやすいから)

ぎらぎら強い日差しがあったお昼頃とは打って変わって、空は曇り模様になっていた。予報は外れたようだが、昨今、突然の雨も多い。

それに傘はあるのだ。降ってきても困ることはない。晴雨兼用にして良かった、と思った。

外へ踏み出し、待ち合わせ場所へ向かって歩き出す。

その間にも、空気はじわじわと湿ったものになってきた。これは本当に降り出しそうだ。

(航大さん、大丈夫かな？　車なら平気かもしれないけど)

待ち合わせ前に降ってきてしまったら、と思って心配になる。

でも航大は、車で来る予定だと言っていた。

それなら大丈夫だろう、と思いながら歩いていたのだけど……。

不意に声が聞こえた。子どもの泣き声のようだ。南帆はどきっとする。

思わず立ち止まって見回すと、銅像の近くに子どもが立ち尽くしていた。

Tシャツにハーフパンツという姿で、運動靴を履いた、小学校低学年くらいの男の子だ。小柄で茶髪のその子は、ぐすぐすと涙をこぼしている。

ためらったのは数秒だった。南帆はそちらへ足を向ける。

「どうしたの？」

前まで行って、声をかけた。

こんな小さい子が一人で泣いていて、放っておけない。

男の子は、びくっと肩を震わせた。そろそろと顔を上げる。

その涙顔を見て、南帆はなぜかあのとき……学生時代、カフェの片隅で泣いていた子のぬいぐるみを直してあげたときのことを思い出した。

航大が自分の行動を「素敵だ」と言ってくれた出来事だ。

そういう自分であれたことを、南帆が自分でも嬉しく、誇らしく思えた、二重の想い出。

今も、自分にできることで誰かを助けてあげられるなら嬉しいと思う。南帆は男の子に笑ってみせた。

「お父さんやお母さんは？　はぐれちゃったのかな？」

近くに保護者が見えずに、この様子だ。親とはぐれた、というのがシンプルな推測だ。そしてそれは当たりだった。

「ママ……来ないの……。うさちゃんの前で、待ってててって、言ったのに……」

南帆の優しい言葉に安心したのか、男の子はまだ涙が止まらないながら、事情を話してくれた。母親といったん離れたものの、合流できなくなったらしい。

（うさちゃん……この銅像だよね？）

南帆はちらっと、男の子の立っているうしろを見た。

そこには小さめのうさぎのオブジェがある。

このあたりで、『うさぎの前』と待ち合わせをしたなら……。

「……あっ」

そのとき、ぽつりと肩に冷たい物が落ちた。

思わず上を見ると、ぽつぽつと雨粒が落ちてきている。とうとう雨が降り出したようだ。

「降ってきちゃったね。傘を……」

急いでかごバッグを探った。折り畳み傘を取り出す。袋から出して、広げた。

そうして自分と男の子の上にさす。男の子は小さい声で「ありがとう」と言った。

雨も遮れたところで、南帆はもう一度考えて、思い当たったことを口に出した。

「このあたりに、ほかにもうさちゃんがいるの。ママはそっちで待ってるのかもしれないよ。行ってみようか？」

少し先を指差す。そこには公園があって、逆側の出入り口にもうさぎのオブジェがあるのだ。

南帆の提案に、男の子は少しためらったようだが、頷いた。

「じゃあ行こうか。濡れないようにね」

それで二人は連れ立って歩き出した。

歩くうちにも雨は少しずつ強くなってくる。もう小雨とも呼べないほどの雨脚だ。

晴雨兼用傘はそれほど大きくない。南帆は男の子が濡れないよう、そちらへ傾けてさしかけた。急ぐと雨が吹き込んできてしまうので、歩みもゆっくりになる。小さな子どもだから、濡れて風邪でも引いたら可哀想だ。

そのために、南帆の逆の肩には雨が落ちてくる。

でも構わなかった。あとでカフェに入ったとき、ボレロを脱いで椅子の背にでもかけておけば乾くだろう。

そこで航大のことを思い出した。

もう待ち合わせ時間はだいぶ近付いているはずだ。航大なら早めに来ているかもしれない、と心配になる。

でもこの子のお母さんを見つけないうちには行けない。

（解決したら、すぐ連絡しよう）

心の中で航大に謝り、南帆は男の子と公園の逆を目指す。

数分で着いた公園の逆側の出入り口には、確かに男の子がいた場所の物より大きめの、うさぎのオブジェが置かれていた。

そしてその前には、茶色いロングヘアの女性が傘をさして立っていた。白いブラウスと青いワイドパンツを着た彼女は、三十代くらいに見える。激しい雨の中で、不安げにあたりを見回していた。

「ママ……！」

彼女を見るなり、男の子は安堵した声を上げる。ぱっと駆け寄った。

「蓮《れん》！　待ってたのよ！　どこにいたの！」

蓮という名前らしい息子を母親も呼ぶ。男の子をしっかりと抱きしめた。

南帆はそっと二人に近付いた。

母親である彼女も、南帆が息子を連れてきたのを悟ったようで、目を丸くした。

「あなたが助けてくださったんですか？」

聞かれるので、南帆は笑みを浮かべてみせた。

「通りかかっただけです。公園の逆にある小さいほうのうさぎさんの前で、ママを待っていたんですよ」

彼女はもう一度、目を丸くした。事情を悟った、という顔になる。

「あっちで……。ごめんね、蓮。お互い間違えちゃったのね」

もう一度、しがみつく男の子をぎゅっと抱く。

男の子はもう安心した顔になっていた。南帆も心から安堵した。

「本当にありがとうございました。なんとお礼を言っていいか……」

解決したので、そろそろ行こうと、南帆は一歩下がった。

その南帆に、彼女は深々と頭を下げる。

南帆はかえって恐縮した。自分はただ、数分の距離を送ってきただけだ。

「いえ、本当に通りかかっただけなので。蓮くん、だよね。またね」

にこっと笑い、男の子に向かって手を振る。男の子もすっかり笑顔になって、手を振り返した。

「うん！　ありがとう、お姉ちゃん！」

そのまま親子は去っていった。

母親の傘、あれも晴雨兼用傘だろう。ひとつの傘に二人で入り、雨の中を連れ立って歩く後ろ姿は優しい空気が溢れていた。

南帆はつい、数秒見送ってしまう。

しかしそこで、ハッとした。待ち合わせ時間が過ぎてしまったかもしれない。

慌てて公園にあった時計台に視線をやると、時間は十四時を十分以上過ぎていた。

(いけない、行かないと……。ああ、先にとにかく連絡……！)

完全に約束を破ってしまい、焦った。

スマホを出そうとして、バッグを探る。中のスマホを掴んだときだった。

「南帆さん！」

いきなり声がかかった。南帆を呼ぶ声だ。

どきん、と南帆の心臓が跳ねる。この声が誰なのか、わからないはずがない。

「航大さん!?」

顔を上げると、航大がこちらへ駆けてくるところだ。ストライプ柄の開襟シャツと、チノパン姿の彼は、傘もさしていない。かなり濡れているのが見て取れた。

「良かった……！　いつも早く来るきみがなかなか来ないから、雨の中だし、なにかあったのかと心配になったんだ」

南帆を見つけて、航大が表情を緩めて近付いてくる。

南帆は慌てて傘を航大にさしかけた。航大のほうがかなり背が高いために、腕をいっぱいに伸ばす形になった。

雨が降る中、自分を心配して捜しに来てくれたのだ。濡れるのも構わずに……。

南帆は申し訳ない気持ちでいっぱいになってしまう。

「ごめんなさい、実は困っている子どもに行き合って……」

事情を話した。

その間に航大は、南帆から傘を受け取る。まだ強く降る雨の中でも、背の高い航大が持てば、傘はきちんと二人を雨から遮る位置になった。

「そうだったのか。無事だったなら良かったよ。電話にも出ないから、いても立ってもいられずに、捜しに来てしまった」

心底安堵した、という顔で言われて、南帆は掴んでいたスマホを慌てて見た。子どもの様子を見るのに集中していて気付かなかったが、電話がかかってきていたのだ。航大からの着信履歴が何件も表示されて、申し訳ない気持ちはさらに募る。

「本当にごめんなさい。待ち合わせに間に合わなくて……捜させちゃった上に、こんなに濡れさせて……私……」

しゅんとしてしまった。けれど航大はまったく怒ることなく、かえって笑った。

「いや、俺がきみと同じ状況だったら、同じようにしたと思うよ。だから気にしないでくれ」

あまりに優しく、思いやりある言葉が出てくる。南帆に対しても、迷子の子に対しても、優し過ぎる発言だ。

「……ありがとう。でも、すぐ乾かしたほうがいいよ。私の家は隣駅だから、良ければうちで……」

熱くなった胸で、南帆はお礼を言う。その後、提案した。

これほど濡れたままで、カフェへは行けない。それにこんなことになったのは、自分のせいだ。

「え!? い、いや、悪いよ。このくらい大丈夫……」

だがもちろん航大は焦った声で辞退してきた。

その気持ちはわかる。一人暮らしの女性の家へ入るのは、気が引けるだろう。

しかし南帆としても引けないことだ。

「ダメだよ。風邪を引いちゃったら、お仕事にも支障が出るでしょう？　そのくらいさせてほしいな」

押し問答になったが、その場に突っ立っているわけにもいかない。折れたのは航大だった。

二人は航大の車に乗って、隣駅にある南帆の家へ向かう。

車の中で南帆は、予約していたカフェにキャンセルの電話をした。

もうすっかり時間を過ぎてしまったが、無断キャンセルという形になったのだから、せめてひとこと謝りたかった。

カフェのスタッフは事情をあたたかく受け止めてくれた。「またいらしてくださいね」と優しい言葉までもらってしまったくらいだ。

そのように状況も整えて車で走る間、雨は少しずつ弱くなってくる。本当に夏の夕立だったようだ。

「あ、航大さん。お風呂、どうだった？」

がちゃっ、とリビングのドアが開いたので、南帆はそちらを振り向いた。戻ってきた航大に声をかける。

あれから南帆の家に着き、南帆はすぐお風呂にお湯を溜めた。

そしてまだ気が引けている様子の航大を、半ば背中を押すようにしてお風呂へうながしたのだ。それで航大はお風呂に入った。

それから三十分ほどが経ち、お風呂を上がった航大が戻ってきたわけだが、振り向いて、彼の姿を目にした南帆はどきっとした。戻ってきた航大はもちろん湯上がりの姿で、上気した肌や、まだほんのり湿った髪がとても艶っぽかった。

「ありがとう。いいお湯だった」

心地良さそうな微笑を浮かべる航大は、白いTシャツと、黒のスウェットパンツを身に着けていた。

スウェットは以前、南帆が通販でうっかりサイズを間違えて買ってしまった物だ。でも大きめとはいえレディースサイズなので、体格がいい航大には小さくて、スウェットパンツは少しぴっちりしていた。

Tシャツと、それからインナー類は、帰る途中のコンビニで買ってきた。

「お風呂も服も支度をしてもらって……。なにからなにまですまない」

その格好で首からフェイスタオルをかけている航大は、申し訳なさそうに謝った。

しかしこんな事態になったのは、そもそも南帆のせいだ。彼が謝る必要などない。

「う、ううん。私を捜してくれたためなんだから……気にしないで」

ドキドキしながら、なんとか答えた。こんなプライベートの格好を急に見ることになって、想像はしていたものの、鼓動は一気に速まってしまう。

だけどじろじろ見るのは失礼だ。

南帆は慌てて目を逸らし、お茶の支度が済んでいるローテーブルに向き直った。

南帆の部屋は１ＤＫで、ここはダイニング兼リビングだ。六畳の部屋は決して広くないが、アイボリーを基調とした家具を置いて、自分好みに作り上げている。

部屋の真ん中にはローテーブルがあり、二人がけソファを向かいに置いていた。

「あったかいお茶を淹れたの。夏だけど、雨で体が冷えたと思うから……」

お茶はティーポットに入ったホットの紅茶だ。茶葉はもう引き上げてあるので、あたためておいたティーカップにゆっくり注ぐ。

航大は今まで一緒にお茶を飲んだとき、なにも入れずに飲んでいたけれど、気分によるかもしれない。よって、ミルクと砂糖も横に添えた。

「こんなに気を遣ってもらって……。本当にありがたいし、嬉し過ぎるよ」

航大はふわっと微笑む。言葉通りの表情が、顔いっぱいに広がった。

その表情に刺激されて、南帆の頬がますます熱くなりそうになったとき、ピー、ピー、と電子音がした。洗濯機のほうからだ。

救われた思いになりつつ、南帆は航大の前に紅茶を注いだカップを置いて、立ち上がる。

「お洗濯もできたみたい。ちょっと干してくるね。多分、二、三時間もあれば乾くと思うから」

今すぐ干して、浴室乾燥機を一番強い風量にすれば、そのくらいで済むはずである。夏だから航大が着ていたシャツもチノパンも、比較的薄手なのだ。

でも南帆の言葉に、航大は慌てた様子になる。

「え、自分で干すよ。南帆さんにやらせるのは……」

服を干されるのはちょっと気まずいとわかるけれど、南帆は軽く否定する。

「私のほうが、ハンガーや洗濯ばさみのこともわかってるから、早く済むの。航大さんは、ソファでお茶を飲んでいて」

それでさっさとリビングを出た。

とはいえ、女性一人暮らしのマンションだ。ダイニングと兼用しているあの部屋のほかは、寝室しかない。

（ドキドキしたぁ……）

リビングのドアを閉めてから、心の中で噛みしめてしまう。

湯上がりの航大を目にしてから、胸はずっと騒いだままだった。艶っぽさと、普段と違う雰囲気に、必要以上の意識をしてしまったと思う。

だけどなにしろ告白してくれた相手なのだし、自分からもそれに応えようと思っているところだ。意識しても当然である。

（でも……力になれて、嬉しいな）

次に噛みしめたのはそれだった。

あのままだったら航大は濡れて、冷えたまま帰ることになっていた。

そんなことは嫌だった。自分のせいで体調を崩させてしまったら申し訳ない。

（さ、干そう。ささっと干して、戻ってこないと）

自分に言い聞かせ、南帆は脱衣所に向かった。

ついでに自分のボレロも浴室乾燥機で乾かそうと思う。玄関のポールハンガーにかけていた物を、行きがけに回収する。

子どもに傘をさしかけるうちに、肩が濡れていたのだ。

でも肩だけだから、少し拭けば済んだ。ボレロも薄手だからすぐ乾くだろう。

浴室の横にあるパネルのボタンを押し、まず換気を始めた。

こうしておけば、洗濯物をハンガーにかけたり、洗濯ばさみで留めたりする間に、少し湿気が飛ぶ。

その後、乾燥モードに切り替えて、強い風量の中に服を吊るした。予想通り、早めに乾きそうである。

最後に航大の使ったバスタオルや、家に上がるとき使ったタオルを洗濯機に入れて、再び回し始めた。こちらは急がないので、ゆっくりでいい。

このように手を動かしていても、ドキドキは消えなかった。

部屋に戻ったらきっと、カフェでする予定だった話になるはずだ。

そうしたら、今度こそ自分の気持ちを話す。

気持ちは決めてきたけれど、目の前に迫れば、気恥ずかしさと緊張が、どうしても胸に溢れてしまった。

「ありがとう、南帆さん。紅茶、とても美味しい」

数分で洗濯物干しは済み、南帆はちょっと構える気持ちでリビングに戻った。南帆のほうを振り向いた航大は、笑顔でお茶を褒めてくれる。

お客様用のティーカップを両手で包んで微笑している航大は、湯上がりの熱も少しずつ引いてきたようだ。上気した頬も、普段の色に戻りつつある。

「良かった。お気に入りの茶葉なの」

妙にほっとしながら、南帆も近付き、向かいに腰を下ろした。

航大が腰かけているのはアイボリーの二人がけソファだが、ローテーブルを挟んで、向かいにあるのはクッションだ。床に座る形になるが、さすがに小さいソファに並んで座るのは悪いし、自分も緊張が振り切れそうだった。

「ごめん、座る場所まで取ってしまって」

南帆が座った場所について、航大はまた丁寧に言った。申し訳なさそうにされるけれど、そんなことは構わない。

「ううん、お客様なんだから」

軽く否定する。実際、その通りの気持ちで勧めた場所だ。

「それより、……えっと。カフェで話そうと思ってたこと、ここで話してもいいかな……？」

その後、本題に入る。おずおずと切り出した。

航大もなんの話か察したらしい。

申し訳なさそうな表情は引っ込み、ちょっと硬くなった。

「ああ。今日はお互いに時間もあるし」

でももちろん受け入れてくれる。航大の言葉通り、カフェでティータイムを過ごす予定だったのだから、二人とも夜までフリーだ。

状況も整って、南帆は軽く息を吸った。

そうして、決意していた言葉を静かに出す。

「私も航大さんを、お姉ちゃんの結婚式のときから素敵なひとだと思っていたの」

思い切って話し始めれば、意外とスムーズに言葉は出てきた。

航大はティーカップもテーブルに戻して、真っ直ぐに南帆を見つめている。

「学生時代に初めて会ってたこと、よく覚えていなくてごめんなさい。でもね、あのとき気遣ってくれたスタッフさんがいたことと、嬉しいなって思ったことは覚えてた。……今さら、言い繕うみたいだけど」

気が引けていたので、つい付け加えてしまった。でも航大は首を振る。

「そんなことはないよ。少しでもきみの記憶に残っていたら、嬉しいから」

こんな認識だったのに、そう受け止めてくれるのだ。とても優しいひと、と南帆は改めて噛みしめた。

「ありがとう。それで私も航大さんと同じなの。会うたびに惹かれていった、っていうのが正しいのかな。何度も気遣ってもらえて嬉しかったし、あなたの優しさは毎回、心に染み入るようだった……。私、親しくなった男のひとからこんなにあたたかな気持ちを向けられたのは、初めてだよ」

言葉にしたからか、不意に元カレのことを思い出した。

晶も学生時代に付き合っていた頃は、確かに優しかった。だけど晶のあの、今思えば『自己満足』とも表現できた優しさとは明らかに違う。

航大からの優しさは、ぬくもりを感じるのだ。それは南帆を本当の意味で思いやり、尊重してくれるからこそ感じられる温度だ。

そのぬくもりが心地良いし、幸せだと感じる。

そしてこれからは、同じ気持ちを自分からも彼に与えて、心の繋がりをもっと強いものにできたなら、と望んでいる。

航大は、そんなふうに気持ちを話す南帆から視線を逸らさず、静かに聞いていた。すべて聞いてくれるうちに、その目が少しずつ丸くなって、驚きの色も混ざるのを、南帆は気恥ずかしく思った。これは自分からの告白ともいえるのだから。

「どんどん航大さんと親しくなっていくうちに、思った。私も航大さんに同じような気持ちをあげたいって。受け取るばかりじゃなくて、あなたの心もあたたかくできたらな、って」

自分から望むことも、言葉にする。気恥ずかしさからうつむきがちになっていたけれど、顔をそろそろと上げた。少し逸れていた視線が、正面から合う。

これが最後の言葉、と南帆は決める。

ここまでよりもっと、はっきりした答えだ。

「だから……私で良ければ、付き合って……ください」

心が決まったゆえの返事だと、きっと航大にも伝わった。

航大の表情は数秒で変わる。少し硬かった頬が緩み、ふわっと笑みが広がった。

あまりに美しい変化を目にして、南帆の胸に熱が広がる。

「ありがとう。これほど真剣に向き合ってもらえて、こんなに嬉しいことはない」

噛みしめるように、航大が言った。その後、そっと立ち上がる。

南帆の胸が、どきんと跳ねた。どうなるかはわかっていたのだ。

でもこういう距離になれたらいいな、と思って告げた言葉だったから。

「南帆さん。これからは恋人として、共にいよう」

南帆の隣までやってきて、航大は腰を落とす。ひざまずくような体勢になり、膝の上に置いていた南帆の手を取った。

大きくて分厚い手にきゅっと握られて、南帆の心拍はますます速くなり、頬にもさらに熱がのぼってしまう。

「……はい。喜んで」

もう一度、返事をする。握られた手から伝わる気持ちで、二人の心までもが結ばれたように感じた。

「会うたびに惹かれていくと話したが、今日もそうだ。困っているひとを見過ごせなかったきみを、心から尊敬する。ますます好きになったよ」

先ほどと同じ、やわらかな笑みで南帆を見つめ、航大は言ってくれた。

南帆の胸は熱くなるだけでなく、ほわっとした。熱い中に、心地良いぽかぽかする感情が広がっていく。

心地良さに後押しされて、南帆も同じ気持ちを口に出した。

「航大さんだって同じでしょう。あんなに濡れたのに、私を捜してくれて……」

その言葉のあと、見つめ合った二人の表情は同時に微笑になる。幸せだ、と感じる心が、感情までリンクさせたらしい。

やがて航大は手を引っ込めた。

代わりにもう少し上、南帆の肩あたりに腕を伸ばす。

どきっとしたけれど、恋人になったのだから自然なことだ。緊張はありつつも、力を抜こうとする。

「これからは南帆……と呼んでいいかな？」

自然な仕草で南帆の肩を抱き寄せ、腕の中にしっかり抱いた航大は、耳元で静かに言った。間近になった声は、吐息までわずかに届く。

心地良く心の中と体が震えるのを感じながら、南帆はもちろん頷いた。

「うん。……嬉しい」

敬称が外れた呼び名は、特別な相手しか口にできないものだ。それを航大に呼んでもらえるなんて、この上ない幸せだと思う。

「南帆ももっと気軽に呼んでくれ」

同じ声音……いや、もっと幸せそうな響きで求められた。

でも南帆は少し考えてしまう。

「だけど航大さんのほうが年上だし……」

ためらいもあったし、その理由もある。なのに航大はさらりと否定した。

「そんなこと、恋人同士の仲には関係ない。じゃあ……はじめは『くん』で、どうだろう？」

提案されて、南帆は違う意味で照れてしまった。確かにそれが妥当だけど、急に距離が近付いた気がして気恥ずかしい。

でも今、こうして二人は実際にゼロ距離になっている。

それならきっと、その呼び方がふさわしい。

「わかった。……えっと、航大、くん……？」

おずおずと呼んでみる。はにかみながらも、はっきり言えた。

「……ありがとう」

航大は南帆からの呼び方に、小さく息をつく。抱きしめられた体から伝わる感触で、感嘆の吐息だ、と南帆にはしっかり理解できた。

「南帆。あのとき言ったように、これから苦しい思いなんて絶対にさせない。誰よりも幸せにしてみせる」

嚙みしめるような響きで誓われる。南帆の体も、太くてしっかりした腕に強く抱かれた。

ドキドキしながらも、南帆はそっと手を持ち上げた。

まだためらいながらだったものの、航大の背中に触れてみる。

分厚くて硬く、広い背中に触れるのはもちろん初めてだ。

だけど緊張の中で、確かな安心が生まれる。こういう距離になるのが自然だったのだと感じられた。

南帆は静かに目を閉じる。航大の言葉と、抱きしめられた感触を、胸の中にしっかりと焼きつけておけるように。

第三章　恋人同士の日々

『南帆、これからグアムへ飛んでくるよ。着いたら連絡を入れる』

航大と付き合うことになってから、数週間が経った。

今日も手芸用品店の仕事に出ていた南帆は、休憩時間に航大からメッセージを受け取った。アプリを開いて読んで、つい顔がほころぶ。

これから取り組む仕事という、ごく普通の内容でも、航大から送られてきたというだけで嬉しくなってしまうのだ。付き合いたてならではの、幸せな瞬間だと思う。

『行ってらっしゃい！　気を付けてね』

南帆の返事は、もちろんこうだ。

航大が無事にグアムへ着けますように。

フライト中もトラブルがありませんように。

そして仕事を終えて、また会えますように。

シンプルなメッセージの中に、たくさんの気持ちが詰まっている。少しでも形になって伝われば、と思って南帆は明るいイラストのスタンプも添えた。

航大はこれからもう、スマホをしまって仕事に入るのだろう。

これだけでやり取りは終わったけれど、南帆の気持ちはすっかり明るくなった。自分こそ午後の仕事を頑張れそうだと思ってしまう。

「南帆さん、午後一番のミーティングだけど……」

そこへ休憩室のドアが開いて、先輩の女性が入ってきた。南帆に声をかけてくる。

「はい。なんでしょう?」

南帆は振り向いた。もうすぐ休憩時間も終わるから、午後の予定の話らしい。

勤める手芸用品店は大型だが、社員はほとんどが販売員だ。事務員は多くない。

事務課は課長を筆頭に、社員は女性が五人だ。

中でもこの川地《かわち》澄子《すみこ》という女性は、入社時から南帆の面倒を見てくれている、近しい先輩だ。南帆より五つ歳上の、二十九歳である。

ショートカットの髪が活発な印象で、くりっとした目はいつも明るい眼差しをたたえている。オフィスカジュアルの服装も、今日はパンツスタイルだ。

「あれ、なんだか嬉しそうだね。いいことでもあった?」

南帆の顔があんまり明るかったからか、澄子は少し不思議そうになる。

南帆のほうは、聞かれた内容に照れてしまった。でも晶と交際していたことと、その酷い結末について知られているので、現状も話すのが自然だ。

「じ、実は……最近、付き合ったひとができて……」

手にしていたスマホを、意味もなくいじってしまった。明らかにはにかんだ言い方になり、その自分に対してもまた照れくさくなる。

南帆の話に、澄子は目を丸くした。だけどすぐに、笑みが溢れる。

「そうだったの！　素敵じゃない！」

顔いっぱいに広がる笑顔で肯定されて、南帆の胸は喜びで満たされた。身近なひとからこうして受け入れられれば、素直に嬉しい。

「どんな方？」

興味を持った顔で聞かれて、南帆は惚気になるかと心配しつつも、そのまま話した。

航大がパイロットだと聞いたとき、澄子は大いに驚いていた。

それでも南帆の簡単な説明を聞いて、澄子は慈しむような表情になった。

「良かったねぇ。南帆さん、少し前に大変な目に遭ったから、心配してたんだ」

おまけにそんなふうに言ってくれる。

確かにあのときかなり落ち込んでいたのを見られて、しかも話を聞いてもらったりもした。南帆が立ち直ったどころか、新しい幸せを見つけられたとなれば、喜んでくれるだろう。

「はい。澄子先輩にも、その節は本当に……」

南帆は当時のことを思い出して、改めてお礼を言おうとしたが、澄子から制されてしまった。

「後輩を助けるのは、先輩として当然だって。それより今の幸せを見つめなよ」

南帆に寄り添う言葉を言ってくれる澄子は、いつも通りの優しい先輩だ。南帆の心に、あたたかな感情がじんわり生まれた。

「ありがとうございます」

だから言葉はお礼に変わった。

澄子も南帆の嬉しさが移ったように、にこっと笑う。

「詳しくはあとで聞かせてもらうとして、とりあえず午後のこと、話していいかな？」

「はい！　ミーティングですよね」

やがて話題は仕事の話へシフトした。南帆も仕事モードに気持ちを切り替えて、聞いた。

でも「あとで聞かせて」には、澄子と別れてから気恥ずかしくなった。

きっと退勤後にでもまた捕まるのだろう。

そして今度こそ、もっと詳しく聞かれてしまうのだろう。

想像すると少しくすぐったいけれど、確かに嬉しかった。

身近なひとからの祝福を受けられる交際は、本当に幸せなものだ。


そして南帆と航大の交際を受け入れ、祝福してくれるのは、もちろん職場のひとたちだけではなかった。一番近い身内の、姉と義兄も大変喜んでくれた。

休日に李帆たちの家を訪ねて、南帆がはにかみながら報告したとき、李帆は目を潤ませたくらいだ。

「南帆、おめでとう……！」

「そうかぁ、航大と南帆ちゃんが本当になぁ。うんうん、俺の思った通りだった」

悠吾は喜んでくれつつも、なぜか自慢げだった。隣の李帆がつっこみを入れる。

「悠吾はなにもしてないでしょ」

「いやいや、俺たちの式のときが正式な出会いだったんだろ。それなら場所をお膳立てしたようなものだって」

軽くふざける声と言い方は、きっと南帆の気持ちをほどかせるためのものだ。南帆はその意図をしっかり受け取れた。

「うん。あのとき航大くんにちゃんと出会えたのは、お姉ちゃんと悠吾さんのおかげですから」

よって、照れつつも悠吾にそう言った。にこっと笑ってみせる。

「南帆まで……。まったく悠吾ったら調子がいいなぁ。でも南帆が幸せを見つけられて、本当に良かったよ」

悠吾の態度と南帆の肯定に軽く苦笑した李帆だったが、すぐに元通りの優しい笑みに戻った。噛みしめるように言う。

「ありがとう。お姉ちゃんたちには感謝が尽きないよ」

だから南帆は李帆に対してもお礼を言った。でも李帆は軽く首を振る。

「なに言ってるの！　南帆が真面目に航大さんと向き合ったからでしょ。自分で動いたから掴んだ幸せなんだよ？」

おまけに南帆のことを、これほど大きく評価してくれる。今度、目を潤ませそうになるのは南帆だった。

「……お姉ちゃん」

お礼を言いたかったけれど、呼んだだけになってしまった。それほど感動が強い。

南帆を祝福する空気は、その後、悠吾がはっきりした形にしてくれた。

「よし、じゃあ今度、俺たちと航大と南帆ちゃんで、食事でもしよう。積もる話を聞かせてくれよ。交際に至った経緯をじっくりとさ」

またしても場を和ませるような悠吾の発言は、南帆にとっては、だいぶくすぐったかった。

でも断る理由なんてないどころか、姉夫婦と航大と過ごせるなら、気負わない楽しい時間になるという確信がある。

「はい、ぜひ」

だから再び、にこっと笑って答える。

本当に、航大との恋が実ったそもそものきっかけは、李帆と悠吾の結婚式なのだ。

この素敵な縁をずっと忘れないようにしよう、と南帆は心の中で強く決意した。


航大との仲は、その後ももちろん順調だった。

今までずっとそうだったように、航大は仕事がかなり忙しい。

さらに李帆たちの結婚式のときから聞いていたが、パイロットという職業上、海外へ飛ぶことも多く、日本で過ごす日はだいぶ少ない。

つまり必然的に、南帆と毎日一緒、というわけにはいかなかった。

同じ職場や、住まいの近いカップルなら毎日、少なくとも数日に一度は会うだろうに、航大と会えるのは二週間以上空いてしまうこともざらだった。

でも南帆に不満はまったくなかった。はじめからそういう交際になるのはわかっていたし、それにメッセージは毎日のようにあった。

ただ、航大は休日や休憩などの、自由になる時間が一定ではない。よってメッセージも南帆が寝ている時間に送られるときが多く、返事に時間が空く日もあった。だけど起きたとき、航大からメッセージが届いているのを見られる朝は、幸せでいっぱいな気持ちで始まる。

南帆はこの距離をむしろ楽しく、わくわくするものだととらえていた。

それにもらえるのはメッセージだけではない。航大が海外に飛ぶときは、期間中、必ず一度はビデオ通話をしてくれた。

スマホやタブレット端末越しに交わす会話も、向き合って話すのとは違う良さがあった。彼の背後に見える海外の雰囲気も、南帆を毎回わくわくさせた。

航大は休みの日に、外へスマホを持ち出して、過ごす場所の風景を南帆に見せてくれることもあった。

南帆はあのときのハワイ旅行が初めての海外だったから、外国には詳しくない。まるで航大を通じて自分が旅に出て現地を歩いているような感覚を抱くことができた。

そんな少しイレギュラーながらも、驚きと楽しさがたっぷり溢れた交際は、着実に時間を重ねていった。

夏は長期休暇の行楽シーズンということもあり、航大は繁忙期だった。余計に海外へ飛ぶ頻度が増えて、会えない日も多くなってしまった。

でもメッセージや通話は変わらずあった。

八月の終わり、航大と通話ができたある日は、特に嬉しい時間になった。


「ごめん、南帆。お待たせ」

水曜日の夜、二十時過ぎ。自室のリビングで待機していた南帆のタブレット端末画面に、航大の姿が現れた。

「ううん！　お疲れ様！」

航大から呼ばれて、南帆の顔はぱっと輝いた。表情の変化が自覚できたくらいだ。

待ち合わせ時間になる前から待ちきれず、すでに画面を見てしまっていたのだ。手にしていた麦茶のグラスをローテーブルに置いて、画面に正面から向き合った。

ビデオ通話をする機会が増えたので、大きめのタブレット端末を新しく買った。その液晶画面に映る航大も、南帆と同じく笑顔だ。

「ちょっと仕事を上がるのが遅くなっちゃって。待たせてごめんな」

改めて申し訳なさそうに言われた言葉通り、航大は通話のために、急いで支度をしてきた様子だった。今日は沖縄にいるのだという。泊まっているのは航空会社が契約しているホテルだ。

仕事から上がって、食事を終えて、シャワーを浴びてきたのだろう。英語のロゴが入ったラフなTシャツを着ている。髪も少し湿っているように見えた。

「急がなくて良かったんだよ？」

南帆も半袖パーカーとハーフパンツを着た部屋着姿なのは同じだが、どうも航大を急がせた形になったらしい。南帆こそ少し申し訳なく思った。

でも航大は笑顔で首を振った。

「いや、南帆とゆっくり話せる時間だから、一秒だって無駄にしたくないんだ」

その顔で甘いことを言うから、南帆は照れてしまう。もう付き合って一ヵ月以上経つのに、まだ慣れない。

航大の南帆に対する話し方が、付き合う前よりずっと甘い内容と響きになったためである。南帆は未だに気恥ずかしくなるのだ。

でも嬉しいし、幸せなことだ。南帆ははにかみながら「嬉しい」と答える。

「前回の通話から時間も空いちゃったしさ。寂しくなかったか？」

続けて聞いてきた航大の言葉通り、前回話してから十日ほどが経っていた。

なにしろ繁忙期だ。必然的に仕事もハードになる。

それでも休みはしっかりあるから、その中の数日間、航大は日本に帰って過ごしていた。

でも今回航大は、実家の用事に行っていたのだ。夏の法事に出られなかったから、その代わりだと言っていた。

航大の両親は現在、都内から引っ越して、神奈川の海の近くに住んでいる。親戚がそちらのほうにいる都合だ。

そのために、都内からでは近いという距離ではない。行って両親との時間を過ごして帰ってくると、丸一日かかってしまう。

だから南帆とは一回だけ、それも数時間しか会えなかったのだ。

でも南帆としてはたった数時間であっても、時間を作って会ってくれたこと自体が幸せだった。不満などなかったのに、航大はだいぶ申し訳なさそうだった。

会えなかったその時間を、今、「寂しくなかったか？」と心配されたので、南帆は数秒、考えた。

航大の言い方は、南帆が抱いている感覚と少し違うと思ったのだ。

それをちゃんと言葉にできたら、と思って口を開く。

「確かに全然寂しくなかったって言ったら嘘になるけど、一人のときも、寂しいよりも、楽しみな気持ちが多いかな」

南帆が言ったことに、航大は少し不思議そうにした。

だから南帆は画面の中の航大に向かって、笑いかける。

「一人のときもね、メッセージが来ると『ああ、今、私のことを考えてくれてるんだ』って実感できるから、もらえるのがすごく楽しみなの。それに連絡してないときも『次に通話したら、あれを話したい』ってことばかり考えちゃって……」

もっと詳しく話す南帆の言葉を、航大は目を丸くして聞いていた。

こんなに真剣に聞かれたらくすぐったいな、と南帆は思う。自分がどれほど航大を想って、彼のことばかり考えているかの表れなのだから。

でもこうして口に出して、伝えられる機会も貴重だ。惜しみたくない。

南帆はさらに続ける。笑みも濃くなった。

「もちろん『会えたときはなにをしたいか』っていうのもあるし、わくわくする気持ちがどんどん増えてくの。一人で過ごす時間でも、心の中にずっと航大くんがいるんだよ」

話す声はとても幸せな響きだと自覚できた。

だけど本心だ。実際に毎日、毎日、そんなふうに感じながら過ごしている。

「……南帆は前向きだなぁ」

南帆の話が一段落したあと、航大はしみじみと言った。南帆としては特別、変わったことではないと思っていたので、驚いた。

「そうかな？　本当にそう感じてるからなんだけど……」

だからそのまま言った。

その言葉に、航大は首を振る。とても幸せそうな表情に変わった。

「自然にそう思えるのがすごいんだよ。南帆のそういう考え方が好きだな」

その顔でさらりと「好きだな」などと言うのだから、南帆はまたしても照れてしまう。彼からの愛を伝える言葉はストレートで、南帆こそ航大のそういうところが好きなのに。

「あ、ありがとう。なんか照れちゃうな……」

南帆も素直に今の感情を口に出した。航大はふふっと軽く笑う。

「照れた顔もかわいいな。次に会えたら、直接伝えなくちゃ」

さらに甘い内容を言われるから、南帆の『照れた顔』はさらに赤くなった。

「そ、そうそう、直接ね！　次に会えるのは三日後だよね。空港までお迎えに行くから！」

さすがに照れ隠しになる。でも航大はその反応を、ちょっと不満に思ったらしい。甘いやり取りを続けたかった、と言いたげな、少し拗ねた顔になる。

「誤魔化さなくてもいいだろう」

その顔で子どもっぽくすら聞こえる声を出すから、南帆は困るやら、ちょっと微笑ましく思うやらだった。

「誤魔化してないって……。で？　時間は何時がちょうどいいかな」

否定して、南帆はやや無理やり話題を変えた。航大は苦笑する。

「まったく、南帆は大胆だと思ったら照れ屋だよな。うん、時間はちょうど正午頃かな。昼飯を一緒に食べよう」

それでも素直に話題に乗ってくれた。三日後に会えるときの計画になる。

時間はあっという間に過ぎ、気付けば三時間近く話していた。やがて航大が、現在時刻に気付いた顔をする。

「あ、また長々話しちゃったな。そろそろ寝る？」

確かにもう二十三時が近付いていた。南帆は今日、一緒に過ごせる時間が終わりそうだと悟って、だいぶ惜しい気持ちになる。

「そうだね。明日も仕事だから……。でも、もう少しだけ」

その気持ちのままに、ねだっていた。航大は困ったように笑いつつも、頷く。

「じゃ、あともう少し」

今日は平日だ。三日後がちょうど週末に当たる。だから通話が今日で良かったと思うが、明日が仕事なら、もう寝なくてはいけない。

「俺も明日は午後からだけど、フライトがあるんだ。お互いゆっくり休んで、明日も頑張ろう」

南帆の気持ちを察したように、航大は笑みを浮かべる。

その後、続いたのは、もっと前向きな言葉だった。

「本当に、南帆とこうして話せたり、会えたりする時間が楽しみで、仕事をもっと頑張れるんだ」

通話が始まって最初のほうに、南帆が話したことと似た言葉がやってくる。

南帆の胸が、ほわっとあたたまった。航大も同じように感じてくれたのだ。

「実はさ、今まで女性と付き合っても『日本で待たせて孤独にしている』って罪悪感があったんだ」

ふと航大が違うことを切り出した。

南帆は不思議に思ったが、どうやら真剣な話らしいので、そのまま聞く。

「向こうにも不満を覚えられたし、そのせいで毎回、別れになっていた」

言った言葉は寂しげだった。南帆は息を呑む。

確かにこういった、遠距離恋愛にも似た関係の交際なら、以前の女性……元カノが寂しく、不満に思った気持ちはわかる。

でもそんな関係があり、破局に至ってしまったなら、航大だって傷ついただろう。辛い思いをしたはずだ。

それはきっと、あのときの……。

「今、付き合ってる南帆に、こんな話をしていいかわからないけど……」

話をしていた途中で、航大は少しためらった。そう気遣ってくれるのが、航大の優しいところだ。

だから南帆は航大の心配を否定した。笑みを浮かべてみせる。

「ううん、話して。航大くんのことなら、ちゃんと知りたい」

南帆の返事に、航大はほっとしたようだ。表情が少し緩む。

それで話は続いたが、南帆は再び息を呑むことになる。

「ありがとう。……その、高校時代に初めて付き合った彼女に、二股をかけられたんだ」

航大の顔が歪んだ。痛みをこらえている、という表情に南帆には見える。

「そのとき『あなたが寂しい思いをさせるから』って言われてしまった。その頃の俺は、パイロットを志したから体を鍛えるために合気道部に入っていて、それが結構忙しくて……きっとそのせいで……」

その言葉に南帆は知った。さっき思い浮かんだことは、きっと当たっている。

「それ以来、しばらく恋愛もできなかったし、立ち直って誰かと付き合っても、自分が寂しい思いをさせていないか心配だった。無事パイロットになれたら余計忙しい日々になったから、プライベートに関しては、自信がなくなることもあったな」

辛そうに話した航大の言葉で、南帆ははっきり悟る。

航大の告白に返事をする前、李帆たち夫婦の家を訪ねたときに、悠吾から聞いたことだ。

『航大さ、学生時代、付き合ってた彼女に裏切られたことがあるんだよ』

あれはその通りだった。

それに又聞きをしたときよりも、航大がどれほど深く傷ついたかが強く、直接伝わってきて、南帆の胸まで痛んだ。

でも航大の話はそこで終わらなかった。

航大がやや下を向いていた視線を上げて、南帆を真っ直ぐに見つめてくる。

「でも南帆は違った。離れていても、こうして楽しく話せるだけじゃない。距離すら楽しいものに変えられるととらえてくれる。それってすごく素晴らしいことだって知ったんだ」

噛みしめるような声で言われる。表情も幸せそうだった。

見えるもの、聞こえるものすべてから航大の気持ちがはっきり伝わってきて、南帆の目は丸くなった。

航大に言われた「距離すら楽しい」は、通話の最初のほうに自分が言ったことだ。本心からの言葉で、南帆としては自然な思考と気持ちだった。けれど、航大をこれほど嬉しい気持ちにしてあげられていたのだ。胸がかぁっと熱くなる。

そしてこのやり取りで、悠吾と話したときのことを、もうひとつ思い出す。

悠吾はこう続けたのだ。

『その航大が、あんなに明るく南帆ちゃんのことを話したから、俺も安心してさ』

あのときの悠吾のこの言葉で、南帆は自分の気持ちに最後の後押しをされたともいえる。

その後、自分は一人になって改めて考えて、こう結論を出したのだ。

『一緒にいたら、信頼し合って安心できる気持ちを、私もあげられるかな？』

そうだったらいいな、と思ったのは、きっと今、現実になっている。

航大がこんな真剣で幸せそうな目でこう言ってくれたのが、その裏付けだ。

「……私も同じだよ」

じぃんと熱くなった胸を抱えながら、答えた。

航大と同じ、噛みしめる響きになった声が出た。

きっと眼差しも同じで、幸せが溢れているだろう。

「こうとらえてくれる航大くんだからこそ、私は会っていないときも楽しくいられるの。航大くんは私を『前向きだ』って言ってくれたけど、航大くんが相手だから、私はそういられるんだよ」

言葉は自然に出てきた。

幸せに思った気持ちと一緒に、胸の中から溢れてきたのだ。

「そうか。ありがとう。南帆が彼女で、本当に幸せだ」

航大の瞳が緩んだ。ふわりと優しい笑みが、顔いっぱいに広がる。

南帆も笑顔になっていた。有り余る幸せな感情が、画面を通してひとつになった。

「同じ気持ちを持てるんだね」

南帆が言った声も、やわらかな響きになる。

今、過ごしている場所が何百キロも離れていても、話しているのが画面越しでも、そんなことは関係ない。

二人の気持ちは確かに通じるし、同じでいられるのだ。

「ああ。あんまり嬉しくて、会えたら南帆を一番に抱きしめたくなったな」

航大はまた甘く言ったけれど、今度、南帆は素直にそれを受け止められた。

「うん。私もそうしてほしい」

気持ちのままに同意する。しかし航大は少し困った笑みになった。

「そんなにかわいらしいことを言われたら、今すぐ抱きしめたくなってしまうだろう」

それで軽く膨れたように言うから、南帆はまたおかしく思った。

航大がこういう、少し無邪気といえる顔を見せてくれるのも、特別な仲だからだ。

「触れ合うときへの期待がずっと続くんだから、それも嬉しいよ」

自分がいつも思っていることをそのまま口に出す。

実際そうだ。三日後に会えるまで、毎日、毎秒、楽しみにしてしまう。

それなら待つのだって、ちっとも苦痛ではない。

「ふふ、そうだな」

航大も、苦笑交じりだったがそう言ってくれた。それで少し延長された通話は、本当におしまいになる。

「遅くなってごめんな。ゆっくり寝てくれ」

名残惜しいながらも、通話を切る流れになった。

航大は寂しそうだったけれど、それ以上に、南帆に対する愛おしさがたっぷり滲んだ目で言う。

「うん、おやすみ」

南帆が答える顔も、きっと同じ表情になった。

「起きたらメッセージを送るよ。おやすみ」

航大の優しい言葉で、通話は終わった。

終了ボタンをタップして、南帆は小さく息をつく。満足のため息だ。

今夜も本当に楽しかった、と思う。

こういうやり取りは、離れているからこそ楽しめることなのだ。

ならばこれも自分で話した通り、『素晴らしいこと』のひとつである。

（さ、じゃあ次は三日後だ。そっちもすごく楽しみ）

充電がだいぶ減ったタブレット端末にコードを挿してから、南帆は立ち上がった。

すでに三日後のことを考えて、期待が膨らむ。

だって航大があれほど情熱的に、それでいてちょっと無邪気に望んでくれたのだ。

きっとさっきやり取りした通り、出会ったら一番に抱きしめ合うだろう。

そのときが待ち遠しい。

その後は寝支度だけして、すぐベッドに入った。たくさん話して少し疲れていたらしく、数分で南帆は寝入ってしまう。

眠っていた間に夢を見た。もちろん航大の夢だ。

一緒にいても、離れていても、楽しい時間を共有できるのだから、夢の中でも楽しく幸せな気持ちだった。

そして三日後の土曜日。

お昼前から南帆は空港へ行き、そわそわしながら待っていた。

航大が仕事を終えて上がれるのは正午頃だと聞いていたのに、楽しみな気持ちが募って、つい早めに来てしまったのだ。

それにやっとゆっくり会える日だから、かわいい服を選んでいた。

オレンジ色の半袖カットソーの上にカーディガンを羽織り、下は膝上丈のスカートだ。色は明るいトーンの黄色である。

ロングヘアも、下の位置でまとめ髪にした。リボンと花のコサージュを添えて、髪型も華やかだ。白いサンダルも、爽やかな印象になったと思う。

オシャレをした格好で、空港の広いロビーの一角にあるソファに腰かけた南帆は、スマホを手にしていた。

だけど呑気にいじる気持ちになれない。

それより周囲が気になって仕方がなかった。

待ち合わせ場所をここに決めたけれど、すぐ合流できるだろうか。

いつ来るだろうか。

どんな格好で、どんな表情をしているのか。

でもこちらに気付いたら、きっと一番に……。

なったのだから。

南帆はどきっとする。『一番にこうなる』と確信していたことが、数秒後に現実に

明るい声が南帆を呼んだ。

「南帆！」

「航大くん！　お疲れ様！」

南帆の顔は一瞬で輝き、ぱっと立ち上がっていた。

そこへ航大が速足で近付いてくる。もう着替えて、私服だった。

水色の開襟シャツに薄手のベストを合わせ、下はベージュのチノパンだ。大きめのボストンバッグを肩からかけていた。

数秒で南帆の目の前まで来て腕を伸ばす。南帆ももちろん、一歩前に踏み出した。

「ただいま……！」

ぎゅっと航大の力強い腕が南帆を包む。噛みしめるように、帰還の言葉を呟いた。

「おかえり！」

ずっと触れたかった感触とぬくもりにくるまれて、輝いていた南帆の顔は、ふわっとほころぶ。幸せが胸いっぱいに溢れて、表情にまで出てきたのだ。

そのまま腕を持ち上げて、自分からも航大の背中に回す。ぎゅうっと、強く抱き返

した。

南帆の動きに反応して、航大が少し腕を動かした。よりしっかり抱き込む形に動く。そうすれば南帆の細い肩は、航大の両腕の中にすっぽり収まってしまった。

やっと直接会えた南帆を離さないとばかりに、航大の腕が強く、優しく包み込んでくる。彼のぬくもりを全身で感じられて、南帆の胸に心地良い熱が満ちていった。

一人でいるときも、彼を身近に感じて、楽しい気持ちの日々を送っていた。でもこうして直接会えて、触れられるときが一番の幸せであるのは当然だ。

「南帆はあったかいな。ずっと触れたかった」

南帆を力強く、それでいて痛くはない程度に抱きしめながら、航大はしみじみと言う。耳元で聴こえた幸せそうな声は、南帆の胸をさらに熱くした。

再会するなり、すぐ抱きしめてくれた。しかもこんな情熱的なハグだ。

それにここは航大の職場ともいえる場所である。もちろん、もう休暇に入っているから問題ない。でも同僚などに見られる可能性はあるだろう。

なのに堂々と愛情表現をしてくれる。南帆との仲を、誰に見られても構わないと思っているゆえの行動だ。

それも相まって、南帆の胸にはさらに多くの幸福が溢れてしまう。

「私もだよ」

だからその感情を噛みしめながら、口に出した。

素直な気持ちを言い合った二人は、たっぷり数分抱き合っていた。

やがて航大はそっと南帆の肩を押した。久しぶりに触れられて、心満たされていた南帆も一歩引く。

今度は見つめ合った。互いに笑みを浮かべた二人の視線が交わる。

「もっとたくさん触れたいけど、それはあとに取っておくな」

航大が、ふっと目元を緩ませて宣言した。南帆はちょっと照れつつも、頷いた。

気恥ずかしい気持ちはあるけれど、したいことは素直に言って、受け止めるべき時間だ。

「さぁ、行こう。お腹空いたよな？　なにが食べたい？」

航大はいつの間にか足元に置いていたボストンバッグを取り上げて、南帆をうながす。空いた片手を、自然な仕草で伸ばして南帆の手と絡めた。

「航大くんの食べたい物がいいな。しばらく海外にいると、日本食が食べたいってよく言うけど、今日はどう？」

海外に飛べば、もちろん食事は現地の物になる。でも航大は和食が好きで、日本に帰ればこのときとばかりに食べるのだと聞いたことがある。

今日もその通りのことを航大は答えた。

「俺の希望でいいのか？　じゃ、蕎麦がいいかなぁ。熱々の天ぷら蕎麦が食べたい」

少し考えただけで、具体的な希望が出てきたから、南帆はくすっと笑った。

航大は食べるのが好きだ。体も、そしてメンタルも消耗するハードな仕事だから、しっかり食べるのは大事なことである。

「まだ暑いけど、熱々がいいんだ？」

真夏は過ぎても、まだ暑い気候は去らず、外はだいぶ気温が高い。

でも航大の希望は『熱々』である。

ちょっとアンバランスな気がして聞いてみた。

「天ぷらが揚げたてだからかな、蕎麦は熱いほうが好きなんだ」

航大の説明はそれだった。確かに、と南帆も納得する。

「そっか。お料理も、あたたかいほうが味がよくわかるっていうしね」

何気ない話をしながら、二人は手を繋いだまま、エスカレーターに乗る。

空港内の和食屋へ向かった。航大が気に入って、よく入っているという店だ。

再会は美味しいランチで始まった。

航大が頼んだのは、天ぷらが何個ものっている大盛りの温蕎麦だ。南帆も同じ物を食べたくて、普通盛りでオーダーした。

このあとすることは決まっていたので、それについて話す。

今回、南帆の週末は丸々全部、航大とのデートに使えるのだ。特別素敵で、幸せな時間になるのは今から約束されていた。

「ああ、久しぶりの我が家だ。なんだかいい香りがする」

ランチも済ませ、お腹も膨れた二人は航大の車で帰ってきた。

自宅に一歩入るなり、航大は安心した声と、少し不思議そうな声を同時に出した。

「航大くんが帰ってくるから、お花を買ってきたの。リビングに生けたのに、玄関まで香りがするね」

たたきでサンダルを脱ぎながら、南帆は説明した。自分まで嬉しくなってしまう。

航大の家は、空港からほど近いエリアのマンションだ。

超高層ではないがタワーマンションで、エントランスにはコンシェルジュもいる。室内だって2LDKでかなりの広さだ。

ちなみに今、一緒に帰宅したのに、事前に支度をできたのには理由がある。

前回会ったとき、航大から「良かったら、持っていてくれないかな」と合鍵を渡されていたのだ。家を長期間空けることが多い航大だから、彼女である南帆が鍵を持っていたら、確かに安心だし便利だ。

「付き合って早々に合鍵とか、重いかもしれないけど……」と少し気が引けた様子の航大だったが、南帆はもちろん嬉しく思う気持ちしかなかった。

だから大切に預かって航大が帰宅する今日早速、こうして家のことを整えてみた。

「そこまでしてくれたのか！　……おっ！　本当だ！　ひまわりじゃないか」

感動の声を出した航大は、早く目にしたいと思ったらしい。

速足で奥へ入り、リビングのドアを開けた。白と黒をベースにした、現代的な内装と家具のリビングの中、棚のひとつに置いた花瓶を見て、声を上げる。

ちょっと無邪気な様子を微笑ましく思いながら、南帆は続いてリビングに入った。

外に出ていたから閉めていた紺色のカーテンを開ければ、ひまわりの鮮やかな色が、もっとはっきり目にできる。

「綺麗だなぁ……。夏らしくて元気な気持ちになれるよ」

近付いて、目を細めてひまわりに見入る航大だが、続いた言葉に南帆は驚いた。

「夕立に遭って、南帆の家にお邪魔したことがあったじゃないか。あのときの南帆の服もひまわりだったよな」

服の柄なんて些細なことを覚えていてくれたのだ。

南帆が想像していた以上に、航大は南帆のことを見ているし、心の中に持っていてくれる。実感して、南帆の胸は熱くなった。

「南帆はひまわりがよく似合うよ。明るくて元気で、太陽に向かって真っ直ぐ咲くひまわりの花みたいに、前向きなんだ」

優しい目でひまわりを見つめていた航大の視線は、やがて南帆に移る。ひまわりに向けていたときよりも、もっと優しい色になった瞳で見つめられた。

「そ、そうかな？　ありがとう。好きな花だから嬉しい、かな」

言われた言葉も、自分への評価も嬉し過ぎる。南帆ははっきり照れてしまった。

「南帆」

その南帆に、航大がひとことだけ声をかける。

不意に話の流れと空気が変わって、南帆の心臓がどきっと高鳴った。望まれたことを、名前を呼ばれただけで悟った。

空港で再会して一番にしてくれたときと同じで、航大の腕が伸ばされる。南帆の体を両腕で包み込んだ。

「会いたかった」

今度は完全に他人の目を気にする必要がない場所だ。

航大は南帆だけに届くような声量で呟いた。小さな声なのに、情熱と愛情がたっぷり滲んでいて、南帆の胸の奥を震わせる。

「私も会いたかったよ」

航大の背中に腕を回して、自分からももう少し身を寄せた南帆も答える。

今も二人の気持ちは同じだ。

そしてこのあとに望むことも、もちろん……。

「南帆……」

もう一度、航大が南帆を呼ぶ。

肩に手をかけて南帆の体を少しだけ離し、代わりに頬へ触れた。大きくてあたたかな手が、南帆の頬をすっぽりと包む。

まだこういうことは数回目というのもあり、南帆の心臓は一気に高鳴った。ドキドキと速い鼓動を刻み出す。

でももちろん心地良く、幸せな胸の高鳴りだ。緊張はありつつも目を閉じた。

航大が頬に触れた手にほんの少しだけ力を込め、自分の顔を寄せる。ふわりとくちびるが触れ合った。

表面だけを合わせるソフトなキスは、南帆の胸に大きな熱をもたらした。外気よりもずっと熱いのに、とても快い熱だ。

触れ合いはなかなか終わらなかった。南帆の息が苦しくなり過ぎないよう、引く時間も取ってくれながら、それでも何度も合わされる。

何度も繰り返されるキスで、南帆は実感した。会えなかった時間がこのキスで埋められていくのだ、と。

二人の間にあった距離も、時間も、こうして触れ合えば愛情という素敵な感情で埋められる。これもまた、普段離れて過ごすからこそ感じられる、素晴らしいひとときなのだ。


ハグとキスを交わして、気持ちも落ち着いた二人は午後をゆっくりと過ごした。

航大は仕事のあとだからくたびれているし、家で過ごそうと南帆が提案したのだ。

「同僚が薦めてくれた映画なんだけど、南帆も好きかなと思って。これ、どうかな?」

南帆が作って冷やしておいた麦茶をお供に、ソファに収まった。三人は座れる大きな黒いソファは、ふかふかで座り心地がいい。

航大がテレビのリモコンを手にしていくつか操作し、出てきたのは映画の一覧だ。

「海外の作品なのかな？　すごく綺麗な風景だね」

サムネイルで自動再生されるプロモーションビデオは、明らかにヨーロッパの雰囲気だった。少し昔の時代に見える。

そこからすでに興味を覚えて、南帆はしげしげと見入ってしまった。

「うん、イギリスが舞台らしいんだ。自然をテーマに作品を描く絵本作家の話だから、物作りが好きな南帆と見られたらいいかなと思ってさ」

穏やかに話す航大は、きっと南帆と一緒にいない時間にこれを考えてくれたのだ。すなわち『一人の時間も、次を楽しみにできる』という形である。

それを実感できただけで、南帆の胸は熱くなった。

気に入りそうな映画を薦めてくれたのももちろん嬉しい。

でもこうして自分のことを考えてくれたのが、もっと嬉しい。

「ありがとう！　ぜひ見たいな」

「じゃ、見よう。少し部屋を暗くするよ」

返事は決まっていた。航大は南帆が興味を示したのを嬉しく思ってくれたらしく、微笑を浮かべ、見る支度を始める。

カーテンを閉めて薄暗くして、その後、なんと天井からスクリーンが降りてきたので南帆は驚いた。まるでミニシアターである。

「なかなか綺麗に映るんだ。リラックスして堪能できるから」

ちょっと自慢げに言った航大に、南帆は思わず軽く笑ってしまった。それで映画は再生された。

薄暗くて、冷房がよく効いた部屋で見る映画は面白かった。航大が言ったように、南帆の好みでもあった。

だけどそれより幸せに思ったのは、ソファの隣に腰かけ、南帆の腰を軽く抱いてくれる航大の存在だ。

二人きりの部屋で、くっついて座り、映画を見る。

たったそれだけの、何気なさ過ぎるデートなのに、これほど満たされて幸せな時間はないというほど、心がいっぱいになった。

見始めてすぐ、南帆は座り直して航大の肩にもたれる格好になったくらいだ。航大の肩は厚くてしっかりしていて、南帆をあたたかく受け止めてくれた。

寄り添い合い、過ごす時間はなににも代えがたいほど特別な時間だった。

画面の中の映画が穏やかで、美しい風景と優しい物語が映し出されていることも手伝って、南帆は心からの安らぎを覚える。満たされた時間をたっぷり堪能できた。

美味しい匂いが少しずつ部屋に広がってくる。その匂いの中心にいる南帆は、鼻歌でも歌いたい気持ちで料理を仕上げていった。

せっかく合鍵を預かったのだ。夜は手料理を振る舞うことにしていた。午前中からお邪魔して、料理の仕込みをしておいたので、あとは仕上げだけだ。

南帆が「夕ご飯の下準備をしておいたんだけど……」と話したとき、航大は目を真ん丸にしていた。直後、「南帆の手料理が食べられるなんて！」と感動の表情に変わったのは言うまでもない。

留守の間、家の手入れはハウスキーパーに頼んでいる航大だが、食事は自分で用意していると言っていた。だから南帆は、腕を振るう機会だと張り切ってしまったというわけだ。

「南帆、なにか手伝う？」

ちょっとそわそわした様子の航大が、そのときキッチンに入ってきた。

南帆は少しおかしく思う気持ちと、それ以上の有り余る幸せを同時に覚えた。

まだ付き合ってそれほど経たないのに、早くも結婚したかのような感覚だ。

「いいの？　じゃあ、盛り付けをお願いしてもいいかな？」

「了解！　どの皿がいいかな」

まだボウルに入っていた料理に視線をやってお願いすれば、航大は力強く返事をする。それでいそいそと、食器棚から食器を取り出し始めた。

「美味そうだなぁ。これは刺身？　あ、なめろうかな？」

小さめのボウルに入っていた魚料理を菜箸で摘まんで、小皿に入れていく航大は期待でいっぱいの顔だ。少し考えて、料理の名前を正確に言い当ててきた。

鍋の煮魚の具合を見ていた南帆は、軽く答える。

「うん。お魚はアジだよ」

旬の魚であるアジの刺身を叩いて、ショウガやネギ、調味料とよく和える。簡単なのに、美味しい副菜兼おつまみになるのだ。

「居酒屋でたまにあるけど、家で作れるのか！　南帆はすごいなぁ」

南帆の説明を聞いて、航大は感嘆したらしい。用意しておいたシソの葉を最後に添えながら褒めてくれた。

「ありがとう。意外と簡単なんだよ」

南帆は少し照れてしまう。心地良いくすぐったさだ。

そんな和やかな会話をしつつ、二人は料理を仕上げていった。自分たちで作るのは、外で食べるのと違ったわくわく感がある。

「そうなんだ、食べるのが楽しみだな。……よし、これでどうかな？」

なめろうを盛り付け終えて、航大は満足げだ。南帆は綺麗に盛り付けられたところを見て、感心した。

航大は特別料理が得意ではないと言っていたのに、盛り付け方に迷う様子もなければ、仕上がりもこんなに綺麗だ。

そもそも調理器具が揃っているだけではなく、食器棚にそれぞれ違う用途の食器が入っているあたりで、それなりにこだわるのだろうと思わされた。

本当は自分で作っても上手なんだろうなぁ、と南帆は推察した。

(今度は最初から一緒に作っても楽しいかも)

これからの期待も同時に生まれて、また笑みが溢れる。

やがて夕食は完成した。ダイニングテーブルに、ずらっと和食の料理が並ぶ。

「おっ、冷やしておいてくれたのか！　なにからなにまで、ありがとう」

南帆が冷蔵庫から持ってきた小さめの酒瓶を見て、先に座っていた航大は顔を輝かせる。

瓶は日本酒だ。南帆はあまり酒類に詳しくないので、航大の好きだと言った銘柄をそのまま選んだ。

日本酒の栓は航大が開けてくれた。猪口に注ぐ。

南帆も席に着き、いよいよ食事が始まった。

「南帆、こんなに美味しそうなご飯をありがとう。いただきます！」

「こちらこそ。いただきます」

二人は手を合わせ、食事の挨拶をする。二人とも明るい声になった。

最初に手に取ったのは、日本酒が入った猪口だ。

「航大くん、お疲れ様」

少なめに注いでもらった猪口を取り上げ、軽く掲げた南帆に、航大も笑みを返して同じようにする。

「ありがとう。南帆も毎日、お疲れ様」

白い猪口が、こつんと触れ合った。

挨拶と乾杯も済み、口にした日本酒はまろやかな風味で、あまり慣れない南帆でも飲みやすいと感じられる。

「うーんっ、美味い！　酒はだいぶ久しぶりだ」

くーっと一杯干した航大は、しみじみと言う。心から美味しく感じているという表情は、素直で魅力的だった。ひとくち飲んだ南帆も微笑む。

「そうだよね。時間がかなり厳しく決まってるんだよね」

パイロットは職業柄、アルコールの摂取時間に厳しい決まりがあるのだと以前、聞いていた。だから集中して仕事に入る時期は飲まずにいるそうだ。

でも航大は酒が好きなほうらしい。休暇に入れば楽しむと言っていたので、今日こうして用意してみた。

「ああ。毎回アルコール検査もあるし、そのあたりは厳格なんだ。万が一のことがあったら困るから」

二杯目は南帆がお酌をする。酒が、とぽとぽと注がれた。

一緒に日本酒を味わいながら、お供に摘まんだ先ほどのなめろうは、航大によって「美味いっ！」と絶賛された。

今日のメニューは、和食好きの航大が気に入るかと思って、和食で統一した。

メインは太刀魚の煮付け。ほかに卯の花の和え物や煮物など、シンプルながらも手をかけて作った料理を少しずつ食べていく。

「南帆は料理が上手いんだな。こんな凝った和食を家で食ったのは久しぶりだよ」

料理を褒めてくれる航大は、太刀魚の骨を慣れた手つきで取り除く。魚の食べ方も綺麗で、彼の育ちの良さをうかがわせた。

「ありがとう。一人暮らししてだいぶ経つから、色々覚えられたよ」

大学に入るのと同時に今のマンションに引っ越したから、一人暮らし歴ももう六年ほどになる。ほぼ毎食自炊なので、自然と身に付いた形だ。

食事は和やかに進み、二人のお腹を満たして綺麗になくなった。

お酒を飲んだためか、体も心地良くぽかぽかする。

素敵な夕食の時間が終わり、二人で片付けをした。

皿は食器洗い乾燥機があるが、鍋や細かな物は手で洗う。航大が「作ってもらったから」と洗ってくれて、南帆が布巾で拭いた。

二人で行えば、早く済むだけではなく、こんな作業もどこか楽しい。そして一緒に楽しめてしまうのは、これまた相手が航大だから、なのだった。


夜も更けて、今夜はもちろん泊まりだ。特別な夜である。

お風呂を先に勧められたので、南帆はお言葉に甘えた。広くて清潔なバスルームで体を洗い、お湯に浸かれば、心も体もリラックスできた。

お風呂上がりには、半袖のルームワンピースを着る。ゆるっとした造りのワンピースは、くつろぐ時間にぴったりだ。

前開きのワンピースはロング丈で、淡いピンク色だ。お泊まりのために、新しく買った一着である。

あとからお風呂に入った航大も、Tシャツにグレーのスウェットパンツというラフな格好で出てきた。頬が上気していて、艶っぽい。

「ああ、いいお湯だった。さっぱりしたな」

気持ち良さそうに言ったことは、夕立に遭って南帆の家でお風呂を貸したときの発言とだいぶ似ていた。

(口癖なのかな)

南帆は愛おしく思って、くすっと笑ってしまう。

そんな航大はリビングを通過して、キッチンのほうへ向かった。

「南帆、なにか飲む?」

湯上がりだから、飲み物が欲しいだろうと気遣ってくれたらしい。そのひとことだけで、南帆の胸はほわっとあたたかくなった。

「ありがとう。冷たい物がいいかな」

南帆はいそいそとそちらへ向かった。冷蔵庫には何本かのペットボトル飲料が入っている。その中から航大は炭酸水を、南帆は甘めのサイダーを選んだ。

その後はソファに腰かけ、冷たい飲み物を飲みながら話をする。南帆が飲んだサイダーは、お湯で火照った体を心地良く冷ましてくれた。

そのうち、南帆は頃合いを見て立ち上がる。リビングの棚に用意していた物を取り出して、持ってきた。

「航大くん、渡したい物があるんだけど……」

残り少なくなった炭酸水を飲んでいた航大は、少し不思議そうに南帆を見上げてくる。視線を受け止めて、ドキドキしながら南帆は改めて隣に腰かけた。

「なにかな?」

南帆の持ってきたのが綺麗な箱だと見て取って、航大は頬を緩めて聞いてきた。

箱は水色のラッピング用紙に包まれ、リボンをかけられている。心地良いドキドキがさらに高まるのを感じながら、南帆は両手でその箱を差し出した。

「少し早いんだけど、来月お誕生日でしょ。私からのプレゼント」

来月には航大の誕生日が控えているのだ。当日は残念ながら会えないスケジュールだったので、早めに渡しておくことにした。

南帆の説明とプレゼントに、航大は顔を輝かせた。

「本当に⁉　ありがとう！」

ストレートな喜びの声で、お礼を言ってくれる。手を伸ばして箱を受け取った。

「なんだろう！　開けていいか？」

期待の顔でリボンに手をかける航大に、南帆は少しはにかみながら頷いた。

「もちろん。えっと、上手くできてたらいいな」

「手作りなのか⁉　それは余計に楽しみだ！」

中身の説明を聞いて、航大は目を丸くする。すぐにリボンをほどき始めた。

輝きがいっぱいに溢れた顔で、ラッピングを解いた箱を開けて……。

出てきたプレゼントに、航大の表情はもっと輝いた。

「なんて洒落てるんだろう！　えっ、これを作ったのか⁉　店で売ってる物となにも変わらないように見えるよ！」

航大は大いに驚いたようで、箱の中身と南帆の顔を交互に見る。南帆は褒められて、くすぐったさと誇らしさを同時に覚えた。

南帆が贈ったのは、レザー製のキーケースだ。

深い紺色の革で作ったそれはシックな仕上がりで、男性の持ち物としてもふさわしいと思う。
中を開けば、何本かの鍵が収納できる金具が入っている。

航大に合鍵をもらったときに、作ろうと思いついたのだ。航大の家の鍵はディンプルキーで、キーケースに収納できる形状だ。だからきっと実用性もあるだろう。

本体の隅には『K』とイニシャルを入れた。

航大が持つ物として、より特別になると思う。

「はぁー……、南帆は本当に器用だなぁ。悠吾たちの結婚式でも感心したのに、想像以上だよ。革製の物なんて、どう作るんだ？　硬いのに針なんて通るのか？」

そっと取り上げ、手に取って、しげしげと見つめる。航大の反応に、南帆の心にも強い嬉しさが溢れた。

「硬い革を縫うのには特別な道具を使うけど、扱いを覚えればそんなに大変じゃないんだよ。あらかじめ、針と糸を通す穴を開けてね……」

隣で指差しながら説明する。ちょっと得意げになってしまったけれど、航大はさらに感心しながら聞いてくれた。

「ありがとう。手作りを贈ってくれたことだけじゃない。俺のことをここまで想って、作ってくれたことが嬉しくてならないよ」

そして大切そうに、両手で握ってくれた。まるで南帆の心ごと包んでくれるような、優しい手付きだ。

噛みしめる響きで言われたお礼の言葉は的確だった。航大のことを想って、心を込めて丁寧に作ったのだ。

よって南帆は感じ入ってしまう。航大はプレゼントひとつからも、南帆の気持ちをわかってくれるのだ。

「仕事のときも持っていくよ。いつでも南帆がそばにいてくれるみたいだ」

おまけに、仕事という航大にとって特別で重要な場でも使ってくれると言うので、南帆の胸には何度目かもわからない喜びが溢れた。

航大が言ってくれたように、彼に寄り添えるアイテムにしてもらえたら、これほど嬉しいことはない。

「それでね、……実は自分用も作ったの」

ちょっと照れたけれど、正直に言った。

ルームワンピースのポケットから、ピンク色の物を取り出す。

お揃いのキーケースだ。『自分用』はピンクベージュの革で作った。

色とイニシャル……南帆の物は『N』……は違うものの、造りはまったく同じである。中にはもちろん、自宅の鍵と、航大の家の鍵が入っている。

それを見た航大は目を丸くした。

「お揃い……、南帆！」

しみじみと呟いたあと、不意に航大が動いた。キーケースを片手に移し、空いた手を南帆の肩に回す。ぐっと抱き寄せてきた。

「わぁ!?」

突然のことに、南帆は変な声を上げてしまった。慌ててキーケースを傍らに置く。

その南帆に構わず、航大は力強い腕で、しっかりと南帆をくるむ。

「本当にありがとう！　南帆の気持ちが伝わり過ぎて、溢れそうだよ」

航大の声は弾んだ響きになっていた。南帆の心をふわっとあたためる。

「私こそ、こんなに喜んでもらえて嬉しい」

返した言葉は、きっと同じ響きを帯びた。

航大ならきっと、これを作った気持ちを理解した上で喜んでくれるとわかっていた。

けれど目の当たりにすれば、想像を上回るほどの幸せを覚えられた。

「これほどの愛を伝えられたら……」

航大はそっと、キーケースをテーブルに置いた。

そう呟いた数秒後、その手で南帆の頬に触れてくる。視線が正面からぶつかった。プレゼントを渡すときのドキドキとは違った意味の高揚が、南帆の胸に湧いた。

航大は南帆の頬をやわらかく撫でる。そのあと手のひらで、頬全体をすっぽり包み込んだ。

顔が近付き、くちびるを合わせられる。お互いに感じた大きな喜びのためか、昼間のときより熱っぽく感じられた。

それに今回は、表面だけを触れ合わせるキスではなかった。航大は南帆の小さなくちびるをついばむようにして、味わっていく。

南帆の体の奥が、じわっと震えた。このあとのことを察して、きゅっと期待に胸が締め付けられる。

「……今夜は、もっと南帆を愛したくなってしまった」

ようやく離されてから、キスの前に言われた言葉の続きがやってくる。

航大の声は情熱に溢れていた。南帆の想像した通りのことになるのだと、見つめる瞳からも伝わってくる。

「……うん。私も、そうしたい」

ドキドキすら通り越して、少し息苦しくもなりつつ、南帆は返事をした。緊張はあるものの、強い期待と幸せの予感が、はっきりと声に滲む。

「これ以上待てないな。……もう向かっていい？」

南帆の頬を引き寄せ、言われたのは、耳元で。吐息交じりの声が耳をくすぐって、南帆の鼓動をもっと速めた。

返事は言葉でなくて良かった。持ち上げた手で、航大の胸元をきゅっと握る。

それだけで受け入れる気持ちは伝わったはずだ。

航大は腰を上げて、南帆の背中に触れた。背中と腰の下に腕を差し入れて、軽々と抱き上げてくる。

でもお姫様抱っこの姿勢など初めてで、南帆は少し焦った。どうしたらいいのかと、慌ててしまう。

だけど、航大がうながすように自分の胸にそっと引き寄せてくれたので、なんとなく悟った。

おずおずと航大の首元に腕を回し、抱きつく姿勢になる。

これはどうやら正解だったらしい。体勢はもっと安定した。

航大はそのままリビングを出て、廊下を歩いていく。

今夜、きっとそうなるとは南帆もわかっていたけれど、実のところ、航大とこういった触れ合いはまだ一度しかしていない。慣れているわけではないので、どうしても緊張がある。

やがて寝室の前に着いた。航大がドアノブをひねって、寝室へ踏み込む。丁寧な手付きで南帆をベッドに降ろしてくれた。

寝室もリビングと同じで、白い壁に黒の家具だ。黒いベッドはダブルサイズ以上に見える。真っ白なシーツがかかっていた。

「……南帆」

自分もベッドの端に腰かけ、航大が再び南帆の頬に触れてきた。南帆の緊張は余計に強くなったけれど、もちろん心地良い緊張だ。

今度はベッドの上でキスを交わす。リビングのときよりずっと深く、長く、夜のものになったキスは非常に情熱的だった。

くちびるの表面だけでなく、舌まで触れ合うようになって、南帆は航大の胸元をしっかり握ってそれに応えた。

やがて深いキスをしながら、航大が南帆の肩を押して、シーツに沈めてくる。

シーツは洗い立てで、ふわりと清潔な香りが漂った。

でも航大がずっと使っている物だから、その奥から彼の持つ香りがして、南帆の鼓動をますます速めた。

「ずっと触れたかったんだ」

南帆の上へ覆いかぶさる姿勢になり、肘をついた航大は、南帆の耳元で呟いた。南帆の胸をもっと震わせる、艶を帯びた声音だ。夜の欲望がすでに顔を覗かせている響きと吐息で囁かれたら、南帆の体もそれが移ったように熱くなる。

またキスから始まったけれど、今度はそれだけではない。

航大の手は南帆の体に触れていく。

いきなり肝心なところを触ることはなかった。

まず頭や首元に、指先と手のひら、それからくちびるが触れる。

次に服越しに腰へ触れ、次は体の側面をなぞり……と少しずつ段階を踏んで、愛撫が始まった。

そのどれもがソフトな触れ方で、南帆の体の熱を、じわじわと強くしていく。

やがてルームワンピースの前ボタンが開けられて、ようやく肌に触れられた。高まりつつあった熱は、南帆を素直な快感に連れて行く。

恋人と呼べる相手から、これほど優しく触れられたことはなかった。南帆の心の中は、感嘆と幸福で溢れそうになってしまう。

その先も、まるで宝物を扱うような手付きで、航大の手は肌の上を滑る。

夜の熱がゆっくりと高められて、心情的な快感のほかに、肉体的な快感も強く襲ってくる。どんどん大胆に、情熱的になっていく触れ方に、南帆は翻弄されてしまうほどだった。

心だけでなく、体まで余すところなく触れ合わせるひとときは、南帆に強い充足感を与えてくれた。あまりに心地良くて、時間感覚すら曖昧になったくらいだ。

結局、その夜はほとんど眠ることがなかった。互いの体温を十分過ぎるくらいに分け合ったあとも、ベッドの中で寄り添っていた。

南帆をしっかり腕に抱き、少し湿った髪を梳く航大の手付きはやはり優しくて、愛に溢れていて。

快い疲労感に包まれた体で、南帆は朝までまどろんだ。

朝日がカーテン越しに感じられるまで、二人きりの夜は続いた。南帆にとってはこのまま永遠に続くかと思うくらい、幸せが溢れた時間であった。

第四章　きみを独占したい

季節は流れ、厳しい暑さも少しずつ引いてきた。

涼しく感じられる日が増えてくる。

服も半袖から長袖になり、そのうち軽めの上着も必要になる。街中で見られる植物の葉っぱもオレンジ色や黄色に色づいて、すっかり秋模様だ。

航大とも涼しい季節を堪能した。彼が日本に帰ってきた日は、少し遠出をする楽しいデートにも行った。

そのように、良い季節と楽しい時間はちゃんとあったのだけど……。

（あ……また着信が来てたみたい）

ある日の仕事の休憩中。

休憩室でスマホのチェックをした南帆は、少し顔を曇らせてしまった。

憂鬱に感じる連絡が、ここしばらく入るようになっていた。もちろん航大や友人といった人々ではない。

（なんなの、今さら）

はぁ、とため息をついて南帆は着信履歴に応えることなく、そのまま閉じた。メッセージアプリを見始める。

メッセージアプリのほうには航大から何気ない日常の連絡が来ていて、南帆は打って変わって楽しく返信をしたけれど、着信履歴のことは頭から離れなかった。

少々厄介だと思うのだ。

だって数ヵ月前、あんな酷い形で南帆を捨ててきた相手・晶からの連絡となれば、いい内容であるはずがない。

実際、そういった用事で電話をかけてきているようだった。

最初の一回は、嫌々ながら電話に出た。

そのとき言われたのは「ちょっと会えないか?」という誘いで、南帆はなんとなく、嫌な内容の話なのだろうと察した。

だからすぐ「無理だよ」とだけ答えて、強引に切った。

でもそれ以来、しばしばかけてこられるようになったのだ。

晶と別れたとき、メッセージアプリのIDはブロックしたけれど、電話番号までは変えていなかった。

だって両親や姉、友達など、登録しているひとがあまりに多い。

それらのひとたちに悪いと思って、機種変更や電話番号の変更をしなかったのが、今、災いしている形だ。

（やっぱり電話番号を変えたほうが良かったのかな。でも職場や家は知られてる……。電話を拒否したら、違う方法でアクセスしようとしてくるかもしれない）

しつこく連絡してくる相手は、拒絶されると逆上することがあると聞いていた。よってなかなかきっぱりと対応できなかった。

（どうしよう、航大くんに相談してみようかな？　それが一番安心かもしれない）

南帆は最近、そんな思考になりつつあった。

今、付き合っている相手だから、元カレに物申す権利はあるだろう。

それに相手が男性なのだし、同性である彼氏に頼るのが一番現実的でもある。

（今日から航大くんと会えるし、話してみよう。迎えに来てもらえるから、その後、航大くんの家へ行って、落ち着いたときにでも……）

航大は昨日の夜から日本での休暇に入っていた。

なので今日、南帆が仕事から上がったあと、会う予定があった。ちょうどいいタイミングともいえる。

南帆はそう決めて、ちょうど終わりかけだった休み時間から仕事に戻るため、スマホをバッグにしまい直したのだけど……。

どうも、動くのはもう少し早いほうが良かったようであった。


「よう、南帆。久しぶり」

一日の仕事が終わって、夕方。

退勤しようと、従業員出口から出た南帆に声をかけてきたひとがいた。

トレンチコートを着て、通勤バッグを肩からかけた南帆は、聞こえた声に息を呑む。

警戒しながらそちらを見た。

職場の裏門近くで待っていて、南帆に片手を上げてきた相手は晶である。

最後に会ったのは初夏だったが、もう秋だ。薄手ながら、ハードな装飾が付いた黒のコートを羽織り、だぼっとしたジーンズを穿いた、やや厚着の格好をしていた。

スタイルも髪型も、以前と変わらない。付き合っていた頃と同じ印象だった。

(しまった、今日、直接来られるなんて……)

南帆の心臓が一気に冷える。甘く見ていたのだ、と思い知らされた。

「……なに、会えないって言ったはずだけど」

強い警戒を覚えながら、なんとか返事をした。

晶はその南帆を懐柔するように、笑みを浮かべる。今となっては南帆に不快感しか与えてこない表情だ。

「俺のほうから用があるって言ってんだよ。内容も聞かずに断るとか、いつからそんなにえらくなったんだ?」

南帆がきっぱり拒否しても、晶は勝手な態度を変えない。あまりに横暴なことを言ってきた。

南帆はムッとしてしまう。断るのは自分の持つ権利なのに。

「えらいとかそういう問題じゃないよ。私は話したくないの」

よってさらにきっぱり言った。

なのに晶は俺様な面を発揮して、食い下がった。

「この俺がわざわざここまで来てやってんのに……。いいから聞けよ。お前にも悪い話じゃねぇんだから」

そう言って、勝手に決めてしまう。職場のすぐ前にある公園を指差した。

ここまで言われたら、少しでも付き合わない限り、引いてくれなそうだ。

仕方ない、ちょっとだけだ。

それに今日は航大が迎えに来てくれる予定である。この近くで過ごすなら、きっと気付いてくれるだろう。

「少しだけだよ。このあと、用事があるんだから」

警戒は解かないまま、受け入れた。晶はやれやれと自己中心的なため息をつく。

「ったく、我儘な女だ。わかったよ」

それで仕方なく一緒に過ごすことになった。

南帆はあえて、公園の入り口真ん前のベンチを取る。航大が迎えに来て、南帆が職場にいないとわかったら、すぐ気付いてくれるように。

晶も横に座ってくる。今ではもう、近い距離に嫌悪感しかないが、南帆はこらえた。

「で？　最近どうよ。仕事とか……」

少しだけと釘を刺したのに、晶は世間話などしようとした。でも答える気はない。

「もうあなたに関係ないでしょ」

一蹴した。実際、関係はない。

南帆の態度に、晶は少し眉を寄せた。でもまだ強気な表情を浮かべている。

「関係あるさ。南帆さぁ、もう一度、俺と付き合えよ」

その顔を笑みにした晶が、いきなり猫なで声で切り出した。

南帆はなにを言われたのかわからなくなる。あまりに理解が及ばない言葉だ。

（もう一度？　付き合えってなに？）

頭の中で繰り返してしまう。でも示していることなんてひとつだ。

（復縁しろってこと？　なにそれ。あんな捨て方をして、ぬけぬけと……）

嫌悪と、呆れと、それから苛立ちが一緒に生まれた。さすがに顔に出ただろう。

なのに晶は構わずに続けた。

「離れてみてわかったんだよね。やっぱり南帆が俺を一番わかってくれるってさ。ほかの女は違ったわ」

晶のその言葉で南帆はもうひとつ、理解した。

つまり、あのとき一緒にいた、浮気相手の女性とは別れた……いや、おそらく向こうから別れを言い渡されたのだ。

そうでなければ、こうして南帆に復縁を持ちかけるわけがない。

「だから離れてみて、かえって良かったっていうかさ。南帆もそうだろ。あのとき俺と別れるのを嫌がってたんだから」

南帆がすぐなにも言えなかったのをいいことに晶は非常に偏った主観で続けた。

南帆の胸に、さらに強い嫌悪感が浮かんだ。

あまりに都合がいい。解釈も、復縁の持ちかけも。

「あのときは突然のことに、ショックを受けただけなんだけど。それに無理だって、ここまで何度も言ってる。もうほかに付き合ってるひとがいるの。はっきり言って迷惑だよ」

胸がムカムカする気持ちで、南帆は言い切った。今、もう別の相手がいるとわかればさすがに引くだろう、と思って。

「は？　数ヵ月で新しい男、捕まえるとかマジないわ」

晶は顔を歪める。南帆と付き合っている間に浮気をしたことは、完全に棚上げだった。その反応に、南帆の胸の嫌悪感は、吐き気になりそうなほど強くなってしまう。

「あのときまで、何年付き合ったと思ってんだよ。俺のこと、それくらい好きだったんだろ。なら……」

なのに晶は引かない。勝手な理屈ばかり並べたてる。

さすがにこれ以上付き合う気はなくなった。

南帆は苛立ちのままに、ベンチを立つ。

(ダメだ、話がまったく通じない。やっぱり今夜、航大くんに話す。それが一番だ)

思い知って、立ち上がって、一瞥した。

「あなたとのことはもう過去なの。私はもう新しい人生を歩んでる。これ以上は平行線だから……」

要望通り、話に付き合ったのだからもう十分だろう。よって南帆は一歩踏み出そうとした。だけど晶は気に入らない、という顔をする。

「話してんのに、なに無視するんだよ！　俺が下手に出てると思って、調子に乗りやがって」

顔を完全に歪めた晶が手を伸ばしてきた。南帆の手首を掴み、引き留めてくる。

南帆の胸に恐ろしさが膨れた。

それに掴まれた力が強過ぎて痛い。こんな扱いをしてくる晶だから決別したのに、一切理解されていないと感じた。

「やめて！　警察を呼ぶよ！」

恐ろしさをこらえて、必死で叫んだ。しかしそれは晶を逆上させたらしい。

「はぁ？　なに犯罪者扱いすんだよ！　思いあがるにもほどがあるわ！」

もはや脅すのに近い声音で吐き捨てられ、今度こそ南帆の胸に恐怖が込み上げた。

男性と女性の力では、無理やり捕まえられれば抵抗すら難しい。

「もういい。わからねぇならわからせてやるよ。来やがれ！」

晶がさらに南帆の手首を握りしめ、引こうとしたときだった。

「俺の彼女をどこへ連れて行く気なんだ」

背後から静かな声がした。恐怖で満ちていた南帆の胸が、どきっと跳ねる。

聞こえた声は知っている。南帆にとって一番近しくて、信頼している相手の声だ。

でも南帆が聞いたこともない響きの声だった。怒りを押し殺しているような、低くなりきった声である。

「航大くん……！」

南帆の喉から勝手に声が飛び出していた。近付いてくる航大を鋭く呼ぶ。

「は!? 彼女……!? な、彼氏って……まさか」

航大の据わった声と、南帆が呼んだ声に、晶は一瞬で状況を理解したらしい。

そして航大は昔の知人……大学時代のアルバイト先の先輩と後輩という関係だ。即座に航大が誰なのかを悟った様子になり、さっと顔が強張った。

「北尾、お前はなんなんだ。南帆と別れて……いや、手酷く捨てておいて、今さらなにを言う」

その晶に対して、航大は同じ声音で言った。こんな状況でも順序立てて話をする言い方だ。

でも言葉以外の部分は違った。つかつかと速足で近付いてきて、晶の手首をぐっと掴む。南帆の手から離させようとした。

掴まれた力が強かったようで、晶はうめき、たまらずに手を引いた。南帆の手はやっと自由になる。

「南帆に触るな。もうお前は南帆に触れる権利なんてない」

航大がきっぱり言い切る。晶は声を詰まらせた。

晶の手を離させておいて、航大が次に手を伸ばしたのは南帆の肩だった。

突然の展開に固まるしかなかった南帆の肩に触れ、晶とはまったく違う、優しい手付きで自分に抱き寄せる。

ここでもう晶はすべてを察しただろう。今度、歪んだ顔は、明らかに悔しさの表情だった。

「お前はあの頃からまったく変わっていないんだな。昔もアルバイト先で、南帆への扱いに呆れていたが、もはや軽蔑するよ。今度こそ黙って見てなんているものか」

静かな口調で言い、航大はもっと強く、それでいて優しく南帆の肩を抱いてきた。

「南帆は俺が幸せにすると決めたんだ。もう苦しい思いなんてさせやしない。今後、南帆に近寄ってみろ。ただではおかない」

航大の最後通告が放たれた。強い決意がこもった言葉に、南帆の凍りついていた心臓が、どくんっと跳ねる。

あまりに強い意志で言われた言葉は、自分を心から愛してくれるがゆえのものだ。そして航大なら、この言葉を本当にしてくれると南帆はもう知っていた。

「……チッ！　都合良くかっさらいやがって！　もういいわ」

晶は舌打ちをする。だが航大の言葉に臆したのは明らかだった。背中を向け、去っていく姿は速足で、まるで逃げるような後ろ姿であった。

晶が公園を出ていって、後ろ姿すら見えなくなって……。

南帆はやっと、心がほどけるのを感じた。

遅ればせながら体が震える。晶と対峙していたときに感じていた恐ろしさが、表に出てきたようだった。

「南帆、大丈夫か。なにもされていないか？」

その南帆を自分に振り向かせて、航大は顔を見つめてきた。

心配がたっぷり滲んでいる瞳を見たことで、南帆の恐ろしさは、すぅっと抜けていった。代わりに大きな安堵が湧いてくる。

「大丈夫……。ありがとう」

南帆は小さく息をついた。安心した気持ちを吐き出したため息に、航大の目元も緩む。向こうも張っていた気持ちがほどけてきた表情になった。

「乱暴なやり取りを見せてすまない。南帆にあんな仕打ちをした北尾といるのを見て、たまらなくて……」

その後、申し訳なさそうに眉を下げる。南帆は驚いた。

乱暴なやり取りなんてとんでもない。

航大は最初に声をかけてきたときから理性的だった。暴言など吐かなかった。

なのにこう言ってくれるのだ。

「もうあんな酷い男には金輪際、関わらせない。南帆は俺の一番大切なひとだし、俺が絶対に守るんだ」

噛みしめるように、航大は言った。まるで誓いの言葉だ。

南帆の胸がかっと熱くなった。安心だけでなく、これほど大切にされていると実感した喜びが弾け、心身が強い幸せで満ちていく。

「ありがとう。さすがにもう近付いてこないと思う」

だから心から落ち着いた声で言うことができた。

航大は改めて表情を緩ませて、再び南帆の肩に腕を回す。今度は正面から、きゅっと抱きしめてくれた。

「ああ。だがもちろんほかの男も同じだ。誰にも渡さない」

強く抱きしめて、言われた言葉は少し違っていた。独占欲といえる響きが含まれている。

だけど南帆の胸は、そんな強い気持ちをもらえて心地良く震えた。

「航大くん……！」

感嘆の気持ちで呼んだ。自分からも身を寄せて抱きつく。強い喜びと安心が南帆を突き動かしたのだ。

「南帆に特別な意味で触れていいのは、もう俺だけだ」

航大は抱きついた南帆の背中をくるむ。自分の腕の中に南帆を強く、しっかりと閉じ込めた。

これほど自分を想って、求めて、おまけにはっきり言葉と行動で示してくれる航大に、南帆は幸せな気持ちでいっぱいになる。

（このひとしかいない……。私にとっても、恋愛として想えるのは、もう航大くんだけだ）

自分の気持ちも自覚した。二人の想いがひとつに重なったのだと、交わす言葉や触れ合い、すべてから実感できた。

第五章　あなたの飛行機に乗って

十一月に入り、外はすっかり秋模様だ。南帆の自室や航大の家、それから職場などの室内にも暖房が入るようになった。

今日の南帆は、航大の家を訪ねてソファで過ごしていた。

手にしたタブレット端末のあちこちをタップして、ネットのページを閲覧していく。隣には寄り添う位置で航大が腰掛けて、南帆の手元を覗き込んでいた。

家で過ごす日なので、二人とも気を張らない服装だ。

南帆は緩いシルエットのニットとやわらかな素材のロングスカート姿だし、航大もセーターに幅の広いボトムスを穿いていた。

今の南帆にとっては、第二の家といえるくらい馴染んでいる居場所である。

「秋だとビーチはもう遅いかな？」

そのように穏やかな時間の中で、タブレットに映し出されたのは鮮やかな青い海だ。

南帆は写真を指差して聞いてみる。航大からは考える様子もなく答えがあった。

「いや、日中の暑い時間ならまだ大丈夫だよ。あんまり寒い日だったらプールに変更

「だけど行きは本当に大丈夫か？　七時間はあるし、やっぱり俺が一緒に乗ったほうがよかったんじゃないか？」

二人の想い出の地だから、初めての旅行にふさわしい、と選んだ。

行き先は今、調べている通りのハワイだ。

十一月の末頃に旅行へ行くことになっていた。

航大がその様子を、隣でにこにこと見守っていた。

「やってみたい！　ウミガメが見られるって見かけたの。こっちのページで……」

南帆はいそいそとページを切り替えて、自分で探し物をしたとき見たところを探す。

「体験なら誰でもできるよ。せっかくだからやってみる？」

「あ、でもマリンスポーツは気になるかも……ダイビングとか。あっ、潜るにはライセンスが必要なのかな？」

は入ってみたい、と話はさらに弾んだ。

それにプールでも日本の温水プールとはまったく違うのだろう。寒くなくても一度

秋でも海で泳げるというのは不思議だ、と南帆は思った。

楽しい会話がぽんぽんと続く。

「それも楽しそうだね！　ホテルにも大きいプールがあるって見たし」

するのはどうだ？」

が……」

ハワイの島々を移動するための案内ページを見たとき、航大がちょっと心配そうな顔で言った。もうチケットも手配したのに、やはり心配なようだ。

「大丈夫だよ。せっかくハワイに行くんだもの。私、航大くんの仕事を一度、肌で感じてみたいの」

心配な気持ちはわかるけれど、南帆にも大きな理由がある。

ハワイへの往路は南帆一人で飛行機に乗ることにしていた。

いや、正しくは航大も乗るのだが、『操縦士として』である。乗客ではない。

一緒に旅行へ行くのに少し不思議な形だが、南帆の言った通りだ。

航大の操縦する飛行機に乗ってみたい。

航大が真剣に取り組んでいる仕事に、少しでも触れてみたい。

きっと彼への理解も、尊敬も深まるだろうから。

「そう言ってくれるのは嬉しいけどな。わかったよ、なにかあったらすぐ客室乗務員に言うんだぞ。変な男に絡まれたりしたら……」

南帆の強い希望に当てられたように、航大は苦笑した。それで受け入れてくれる。

しかし続いたのは過保護ともいえる言葉だったので、南帆は笑ってしまった。

「わかってるって。ありがとう」

でもそのくらい自分を大切に想ってくれているのだ。嬉しく思う。

そんな楽しみもあって、ハワイ旅行への期待は余計に募った。

パスポートは姉の結婚式のとき取ったし、移動手段とホテルももう押さえた。

だから、あとはどこへ行くかの計画だけだ。一番楽しい部分といえる。

二人で会えば、こうして情報を見ながら直接話し合ったし、会っていないときも、

「こういうのはどうだろう?」などと自分の調べたことや、質問を送り合った。

仕事やプライベートで、何度もハワイに向かっている航大だ。さすがに詳しくて、
南帆の疑問には毎回すぐに的確な返答があった。

旅行が近付くにつれて、楽しみはもっと増していく。旅行用にスーツケースや服を新調したりして……ついに旅行当日がやってきた。


「皆様、本日は当機をご利用いただき、ありがとうございます。この便は……航空、ダニエル・K・イノウエ国際空港行き、一二三便でございます。機長は水上《みなかみ》、副操縦士は日下でございます……」

行きの飛行機に乗り込み、いよいよアナウンスが流れる。

南帆は窓際の席に腰掛け、シートベルトをした体勢で、わくわくする気持ちが最高潮に達するのを感じた。機内で長時間過ごすので、ゆるっとしたAラインのワンピースと、ニットカーディガンを着た格好だ。

『副操縦士』と紹介されたのは航大だ。こんな立派な場で名前が流れると、彼の仕事模様と責任の重さが改めて迫ってくる。

『機長』になるには厳しい試験がある。それに経験年数も関わってくるらしい。

「順調ならあと数年で叶うはずだ」と航大が以前、話していた。そのとき「憧れの機長まであと一歩だよ」と目を輝かせていたものだ。

(航大くんが機長になったら、また乗せてもらうんだ。ああ、『一度』って言ったのに、何回だって乗ってみたくなっちゃう)

そんな欲張りなことを思いながら、南帆はどんどん高度を上げていく飛行機の窓から外を眺めていた。

やがてシートベルトランプも消えた。飛行機の揺れも落ち着いて、乗客は安心した様子で思い思いに過ごし始める。

機内のパンフレットを開く者、手持ちのタブレット端末やスマホでなにか見始める者、親子連れはおもちゃで遊んだりしている。

七時間もあるので南帆も本とタブレット端末を持ってきていたが、なんとなく、機内の様子を眺めてしまった。

ハワイ行きということで、観光目的のお客が多いからだろう。大声のおしゃべりはないが、それでも浮足立った空気が感じられた。

(みんな、リラックスして楽しそうに過ごしてる。みんなが心配なく、こうして旅を楽しめてるのは、航大くんが責任持ってお仕事をしてるからなんだ……)

操縦室の様子はもちろん見られない。でも航大が真剣に仕事に取り組んでいる姿が、南帆にははっきりと感じ取れる。

だって客室のこの様子を見ればわかる。

空の上という場所にもかかわらず、乗客みんなに『当たり前の安心と安全』を提供できているということなので、やはり立派な仕事である。

やがて機内食が出て、夜が深まれば消灯になり……と、南帆が姉の結婚式で渡航したときと同じ流れになる。

ハワイに着くのは現地時間で朝の予定だ。着いたら早速遊ぶのだから、しっかり眠っておかなければいけない。

飛行機内で眠るのはまだ二度目なのに、南帆はなぜか前回よりゆったり眠れた。

もちろん操縦しているのが航大だから、である。

彼が操縦する飛行機なのだから、絶対に大丈夫。

リラックスできる旅のまま、ハワイに着ける。

南帆は心からそう確信していたし、目が覚めたときにはその通りになっていた。

ゆっくり眠って、目覚めた朝。

下ろしていた窓のブラインドを少しだけ除ければ、ハワイのきらきらした明るい日差しが目に飛び込んできた。


「お疲れ様！　航大くん！」

空港内で待ち合わせた場所にて。

航大がこちらへ歩いてくるのを見た途端、南帆は明るい声を上げていた。

航大はパイロットの正式なスタイルである、紺色ジャケットとスラックスの姿だった。中に着ているのは、白を基調とした爽やかな制服のシャツだ。

黒の革靴を履き、制帽もかぶった姿はきりりとして格好良かった。

「ありがとう、南帆。いい旅だったかな？」

南帆の目の前まで来て、航大は制帽を取った。胸に当て、丁寧にお辞儀をする。

今、ここまでの航大は『自分の恋人』でもあるが、それ以上に『仕事をするパイロット』だったのだ。

実感して、南帆の胸に感激が溢れた。

やはり彼の操縦する飛行機に乗られて良かった、と思う。本当に、彼への理解が深まったと感じられた。

「うん、もちろん！　機内もすごく快適だったし、航大くんが操縦してるって思うと、わくわくできたよ」

よって、つい勢い良く話してしまう。

航大も嬉しそうな笑みを浮かべて聞いてくれた。

「私は飛行機に乗ると、離着陸のとき、いつも少し不安になっちゃうんだけど、今回は違ったよ。絶対に大丈夫っていう安心が湧いてきたの」

快適に思ったところや、感心したところは、いくつ挙げても足りなかった。

さすがに航大は、嬉しそうを通り越して照れくさそうになる。

「はは、ありがとう。そこまで褒めてもらえると嬉しい」

照れ笑いを浮かべた航大の表情で、南帆は悟る。

今の航大が、もう『自分の恋人』の姿に戻っているのだと。

仕事をする彼と、自分の彼氏でいてくれるときの彼。

両方魅力的だと思う。そして両方があるから、彼はこうして輝いているのだ。

「よし、俺はすぐに着替えてくる。一人で何時間も過ごさせてごめんな、ここからは二人で楽しもう」

その通り、航大は服装もプライベートの姿になるために、そう言ってくれた。

「ありがとう。じゃ、私、そこのカフェで待っててていいかな？」

「すぐに」と言われたものの、五分、十分では終わらないだろう。

南帆は近くにあったカフェを指差した。日本にも店舗がある、チェーン店だ。

「ああ、そうしてくれ。あのときみたいに変な輩に声をかけられたら困るからな」

航大は受け入れたが、そのあと軽い苦笑がついてきた。

今となっては、南帆に対して独占欲に似た感情も持ってくれている航大だ。

あのとき……南帆が姉の挙式で渡航してきたときのように、ナンパでもされたら、と心配になるだろう。

「ふふ、大丈夫。私も気を付けてるから」

南帆はちょっとだけ笑ってしまった。こうして大切にしてもらえるのは幸せだ。

それで航大は速足で去っていった。バックルームへ向かう。

格好良い制服の後ろ姿を見えなくなるまで見送ってから、南帆は自分のスーツケースを引いて、カフェへ向かった。

ダークブラウンを基調とした店内は日本とほぼ同じ造りで、現代的かつ洗練された印象だ。中へ進み、カウンターの上に掲げられたメニューを見上げる。

メニューもコーヒーをメインとしていて日本と同じだが、もちろん記載は英語だ。姉の結婚式のときより英語を覚えた南帆は、『coffee』や『tea』といった品書きのほかも大体理解できた。

自分も確かにあの頃から前に進めているのだ、と自信も湧く。

少しだけ悩んで、おすすめの豆を使ったアイスコーヒーに決める。

オーダーしたドリンクは、すぐに提供された。カウンターで、紙製のカップを受け取る。

片手でカップを持ち、逆の手ではスーツケースを引いて、周囲に気を付けながら、店内を進む。

選んだのは空港のフロアが一望できる窓際の席だ。木製の椅子に腰掛けた。

ここなら航大がやってくるのがきっと見える。

まだ空港内とはいえ、ハワイに到着したときから暑い空気を感じたので、すでにニットカーディガンは脱いでいた。椅子の背に掛けておく。

それでも暑い地域なのだから、もう少し薄手の服に着替えたい。

（ホテルに荷物を置きに行ったとき、着替えようかな？）

そんなふうに考えながら、冷たいコーヒーを飲む。心地良く濃い味のドリンクは、待つ時間すら楽しい気持ちにしてくれた。

航大は二十分ほどで戻ってきた。カフェで落ち合った二人は、改めて出発する。

制服姿もとても格好良かったが、七分袖のシャツに緩めのパンツを穿いた私服姿の航大は、また別の魅力がある、と南帆は感じた。『隣にいてくれる自分の恋人』と実感できるからだ。

空港を出て、踏み出したハワイの街は、秋とは思えないほどいい気候だった。太陽は眩しい光を放っているし、気温が高く、空気は暑い。

ただ日本の夏と明らかに違うのは、暑さがからっとしている点だ。気温が上がれば湿度も上がり、むしむしする日本とは逆である。

よって不思議なことだが、暑ささえも心地良いと感じられた。南国のいい空気をたっぷり味わえて嬉しくなる。

「南帆、最初に行きたいところがあるんだけど、いいかな？」

まずホテルへ行くつもりだった南帆だが、航大が違うことを言った。

荷物を預けるより先に行きたいところがあるらしい。南帆は不思議に思う。

「うん。いいけど、どこ？」

何気なく質問したけれど、航大は含みを持たせて笑っただけだった。

「ハワイらしいところだ。タクシーですぐだよ」

それでタクシー乗り場で声をかけて、乗り込む。

タクシーで数分の距離のそこへ着いたとき、南帆は即座に航大の意図を理解した。

顔が輝く。

「素敵！　もしかしてこれを？」

目の前に建つのは、白い壁に茶色の屋根のブティックだ。

広いショーウインドウには、ハワイの伝統衣装が上品なバランスでディスプレイされていた。ワンピースに似た形の服は『ムームー』と呼ぶと、南帆も知っている。

「ああ。せっかくハワイで過ごすんだ。ハワイらしい服を着たら、もっと楽しめるかなと思ってね」

航大が笑みを浮かべて説明した。南帆ももちろん同意だった。

それに元々、気候に合った服に着替えたいと思っていたのだ。渡りに船である。

「そうだね！　一回着てみたかったんだ」

「じゃあちょうど良かった。さ、入ろう」

すでにはしゃいだ声になった南帆の肩を、航大の大きな手が抱く。航大がエスコートする形で店内へ足を踏み入れた。

中ではカラフルなムームーやアロハシャツなどがずらっと並んでいて、南帆の目はきらきらになってしまう。どれも南国らしくて素敵だ。

「どれにする？　好きな色や柄で選んだらいい」

英語で丁寧に挨拶してきた店員に軽い挨拶を返してから、航大が南帆を振り向く。

でも南帆はちょっとおろおろしてしまった。だって素敵なものばかりなのだ。

「え、えっと、えっと、目移りしちゃうな……」

とりあえずひと通り見てみることにして、店内を歩き回る。

ピンク、青、緑……鮮やかな色のものが多かった。

その中で、まず南帆の目に留まったのは……。

「黄色がいいかなぁ。ひまわりじゃないけど、明るくて、太陽の下で楽しめそう」

南帆は少し懐かしい目になった。

日本で真夏だった日、航大の部屋に飾った花だ。航大とデートをするときに着た、ワンピースの柄でもある。

「そうだね、南帆は黄色が似合うな。輝くハワイの日差しにもぴったりだ」

航大も忘れているはずがない。さらりと答え、おまけに褒めてくれた。

「黄色なら、そこのプルメリア柄はどう？　清楚な雰囲気もプラスされて、夜のディナーにも合いそうだ」

そのあと提案が来る。黄色の生地に、白のプルメリアが映える一着を示された。

確かに夜は特別なディナーをする予定だった。ハワイのディナーはムームーでも入れるそうだから、確かにそういう意味でも良いと思えた。

「いいね！　プルメリア、お姉ちゃんの結婚式のウェルカムボードに飾ったなぁ」

違う想い出が頭に浮かぶ。

李帆の結婚式はもう半年以上前だ。でもあれから色々ありすぎて、もっと時間が経ったように感じられた。

「そうだった。白いプルメリアだったな。とても凝っていて感心したよ」

二人の正式な出会いだったあのときのことについて、楽しく話しながら選ぶ。

何点か試着したが、南帆は最終的に、航大が提案したムームーに決めた。

航大のほうは、アロハシャツを選んでいた。

「南帆に合わせて、これにしようと思うんだけど、どうかな？」

南帆が試着する間に見繕ったらしい一着を見せられて南帆はひと目で気に入った。

落ち着いたオレンジ色に、明るい葉っぱ柄のアロハシャツだ。南帆のムームーと同じで、この地の太陽の下にとてもしっくりくると思わされる。

「よく似合うと思うよ！　こういうカジュアルな格好も素敵だね」

胸に当ててみた航大に、南帆はつい勢い良く褒めていた。航大がまた軽く照れ笑いになる。

服も決まり、ディナーのために合わせる小物も何点か選んだ。

だけどお会計のときに、南帆はちょっとそわそわしてしまった。

（お安くはなかったんだよね……。自分で買うとばかり思ってたから、好きに選んじゃったけど、悪かったかな……）

買うものを決めた直後、航大が先に店員に購入する旨を告げて「南帆は待ってて」と隅のソファへ向かわせてしまったのだ。「自分で払うよ」と言う間もなかった。

試着するとき見た値札は安い金額ではなかったのに、と少し気が引ける。

「ごめんね、ありがとう。良かったの……？」

タグだけ切ってもらったムームーを着た姿で店を出てから、南帆はおずおずと聞いた。なのに航大はさらっと答える。

「もちろん。これから素敵な時間を過ごすんだから、俺にプレゼントさせてくれよ」

にこっと笑って言われては、南帆は照れてしまう以外の反応がなくなる。

その南帆の手を取り、航大はもっと明るく笑った。

「さ、支度も整った。荷物を預けて、行こう！」

太陽よりも眩しい笑顔で言われたら、これ以上こだわるのも無粋だ。南帆も笑みになって「うん！」と勢い良く答える。

予約したホテルへ行き、荷物を預かってもらった。ここまで身に着けていた服も、荷物の中に入れて、一緒に預ける。

手荷物だけの身軽な格好になって、街へ出た。

今度はムームーとアロハシャツという姿で、しっかり手を繋いだ二人だった。


旅行初日は空港からほど近いエリアで過ごす。南国の情緒が溢れる素敵な街中を見ながら散策を楽しんだ。

姉の結婚式で来たときは二泊の旅行だったので、あまりゆっくりとは過ごせなかった。よって今回はハワイの名所をあちこち巡り、堪能する計画だ。

店の並ぶ場所では、気になるところへ色々と入ってみた。

観光客も多いので、お土産になるものも多い。

伝統の工芸品も、食べ物も、雑貨も……。

南帆も航大も、これまた非常に目移りしてしまった。

特に気に入ったのはチョコレートだ。

南帆と航大が学生時代、初めて出会っていたカフェバーで、二人を繋いでくれたものである。

それに南帆が『お礼に』と渡したのもそのチョコレートだから、二人にとっては特別な食べ物といえた。

ハワイはチョコレートが名産ということもあり、非常に種類が多い。

ちょうどチョコレートのイベントをやっていたのもタイミングが良かった。

あれこれ試食して、結局お土産も含めて何種類も買ってしまった。

夕方にはホテルへ戻り、チェックイン。

ディナーまで時間があったので、プールに入ることにした。ホテル付属のプールで、二人は水を掛け合って大いにはしゃぐ。

南帆が旅行前に悩んで決めた水着も、航大は褒めてくれた。

オレンジ色のビキニを身に着けた姿を「健康的な美しさだ」なんて言ってくれるので、南帆は照れたものだ。

航大のほうは泳ぎも見せてくれた。競泳プールでクロールをする姿を披露してくれたのだが、あまりに綺麗なフォームだったので、南帆は感嘆した。

「学生時代はとにかく体力をつけたかったから、スポーツをする機会があれば、なんでもやってみたんだ。高校時代の夏は、合気道部以外はプールに通ってね。塾での勉強のいい息抜きになっていた」

百メートルをあっという間に泳ぎ切り、プールから上がった航大は心地良さそうに水泳キャップを外して笑った。

パイロットは体力勝負。

航大はいつもそう言っている。

航大がパイロットを志したのは小学生の頃だ。それ以来、夢を叶えるためにずっと努力を続けてきたのだ。

航空操縦系の大学で勉強を重ね、留学までして、晴れてパイロットになった航大だが、体力のほかにも英語力やコミュニケーション能力にも長けている。

南帆が尊敬するポイントなんて、いくつ挙げても足りない。

なのに航大本人は「好きなことだから頑張れただけだよ」なんて言うのだ。彼としては、努力すら楽しんだのだろう。

「さぁ、そろそろディナーの支度を始めてもいい頃だね。行こうか？」

水遊びも泳ぎも楽しんで、航大は満足げな笑みで出口を指差した。南帆も満たされていたので同意する。

明日は晴れ予報だから海へ行こう、と言い合いながらプールを出た。軽くシャワーを浴びて、元通りムームーの姿になった。

今度はちょっとフォーマルなサンダルとアクセサリー、バッグをプラスした。

航大のほうも下をスラックスと革靴にして、ディナーにふさわしい姿で現れる。

レストランはホテルの最上階だった。窓際の席を予約していたので、ハワイの街の夜景が楽しめる。

夜になっても街の明かりが輝き、別世界のように感じる美しい光景だった。

「では、乾杯」

その夜景の前で、航大がグラスを掲げた。南帆も同じグラスを掲げて差し出す。

「乾杯！　素敵な夜をありがとう」

お礼を言う顔は、幸せそうにほころんだ。

あのとき出会った航大と、半年後にまたこの地へ来るとは思いもしなかった。

でも今となっては、こうなって自然だったと思えた。

二人を結び付けてくれた地だから、きっとこれからも特別で大切な場所になる。

乾杯の飲み物はシャンパンだ。すっきりした飲み心地で、パチパチ弾ける炭酸が、目にも美しい。

「明日は早起きしないとね。楽しみ！」

前菜に出てきたのは、サルサソースを使ったタコやエビの料理だ。味わいながら、南帆は明日の計画を口に出した。

早朝にホテルを出て、ダイヤモンドヘッドへ日の出を見に行く予定なのだ。

オアフ島で一番人気の観光スポットということもあり、計画を立て始めてすぐ、絶対に行ってみたいと南帆が希望を出したところだ。

「ああ。寝坊しないようにな」

航大も楽しみにしているようで、軽く茶化してきた。南帆は「しないもん」と膨れてみせる。

「今日はフライトで疲れただろうし、早く寝よう。少し残念だけど、南帆との特別な夜は、明日に取っておくな」

でもその後に航大がちょっと含みのある微笑でそう続けるので、南帆の心臓はひとつ跳ねた。『特別な夜』がなにを指しているかなんて明白だ。

「も、もう……そんな思わせぶりに言わなくても……」

誤魔化すように料理をフォークに刺し、ぱくっと食べた。それでも顔が熱い。

この旅行でそういう時間ももちろん過ごす予定だ。でも明言されては恥ずかしい。

「言わなくても伝わるんだから、いいだろう？」

なのに向かいの航大は幸せそうに言う。その通りだけど、南帆はますます照れてしまうのに。

そんな甘い空気を味わったあとは、普通の会話に戻った。

「写真をたくさん撮りたいから、スマホの充電も忘れないように……。一応、カメラも持ってきたが、スマホのほうが気軽に見返せるからな。あと軽い上着も……」

航大が観光のポイントを話して、フラットな気持ちに戻った南帆もそれを聞く。現地に来て話す計画は現実感があり、わくわくする気持ちがいっぱいに溢れてきた。

ディナーは進んで、魚料理が運ばれてくる。

でも魚ではなく、エビだった。

ロブスターと呼ばれる大型のエビで、盛り付けも日本では見られないほど大胆だ。南帆はどこから手を付けて食べていいのか、戸惑ってしまったくらいである。

今日の想い出、明日への期待。

それからお土産になにを持ち帰りたいか……。

楽しい話が弾む。

話題はもちろん、ムームーとアロハシャツ姿で食べるディナーも、窓の外の夜景も特別だ。お腹だけでなく、心もたっぷりと満たしてくれた。


翌日、早朝に二人はホテルを出た。手配したレンタカーを航大が運転して、数時間のドライブでダイヤモンドヘッドへ向かう。

前夜、クリーニングに出したムームーとアロハシャツは無事、仕上がって戻ってきた。よって今日もハワイ気分が溢れる格好だ。朝は少し冷えるので、上にカーディガンをプラスしておく。

ちょうどいい時間に辿り着いたダイヤモンドヘッドは涼しく、爽快な空気だった。

そこで見た夜明けの美しさは、南帆の目をきらきらにしてしまう。

航大が寄り添って肩を抱いてくれて、二人で見つめた。風景と同時に、こうして美しいものを隣同士で見られる感動も、南帆の心を一番奥から震わせる。

あまりの感動に、スマホのカメラを向けるのすら、数分忘れていたくらいだ。

自分の目で見つめて、心に焼きつけるほうが重要で大切なのだと、身をもって理解した。

それでもちゃんと写真も撮った。あとから身内や友人に見せて、感動をおすそ分けできるだろう。

何十分か見つめて存分に味わったら、ふもとへ降りる。マーケットが開催されていたのでそこで食事を摂った。

前日のディナーも美味しかったが、こういうカジュアルな食事も、旅の楽しみだ。

デザートにはぶつ切りの新鮮なパイナップルにもかぶりついて、航大に「ついてる」と果汁を拭われてしまう。でも航大はとても幸せそうな笑みだった。

昼間は予定通り、海へ行ってビーチを堪能する。

よく晴れた日で、気温も十分だ。水着にパーカーを羽織った程度でちょうど良く、ハワイの美しい砂浜と澄んだ海で存分にはしゃいだ。

だけど早朝から活動していたし、海でもたくさん遊び回ったのだ。

海辺の木陰で休憩し、ジュースを飲んだとき、南帆はついうとうとしてしまった。

カウチに横になって、ドリンクを飲めるスタイルだったのも手伝って、眠気が誘われる。

「少し眠ったらいいよ。早起きだったからね」

並べて置かれた隣のカウチで航大が、南帆にタオルケットをかけてくれた。

南帆はその優しい言葉と気遣いに嬉しくなり、お言葉に甘えた。

軽いお昼寝をする南帆を、航大はずっと撫でてくれていたらしい。眠る間も、優しい手つきが自分に触れているのを感じられた。

それで安心して、だいぶ深く眠ってしまった。

目覚めたのは一時間ほどあとだった。うっすら目を開けた南帆を、航大が「おはよう」と穏やかな目で見つめてくる。

「あ、ごめん……ぐっすり寝ちゃって……」

航大は眠らなかったようだ、と悟って南帆は少し申し訳なくなった。

なのに航大は、かえって嬉しそうに目元をほころばせる。

「眠ったほうが良かったさ。このあとも楽しめるだろ」

そう言ってくれる航大はやはり、気遣いとポジティブに溢れていた。

「ありがとう」

南帆は航大の気持ちに感じ入りながら、彼に差し出されたジュースを受け取った。

だけどひとくち飲んだ直後、それを噴き出しそうになる。

「それに海辺で眠る南帆の寝顔がかわいかったから。俺も堪能してしまったよ」

航大ときたら、ウインクまでしてさらっと言ったのだから。

南帆の頬は一気に燃えた。なんとかジュースを飲み込んで、言い返す。

「ずっと見てたの⁉」

ぐっすり眠っていたところを全部見られていたなんて。

変な顔をしていなかったか、だいぶ不安になる。

でも航大はにこにこと肯定した。

「もちろん。変な輩が近付いてきたら困るし、それ以上に、南帆があんまり愛おしくてさ」

言葉のままの表情で言われたら、もう南帆に言い返せることはない。赤くなって固まるしかなかった。

その南帆の肩をそっと抱き寄せて、航大はさらに甘く囁いた。

「もう俺だけの大事なひとなんだから、独占しないともったいないだろう？」

口に含んだトロピカルジュースよりも、甘く感じるほどの言葉だ。

それに南帆が赤くなる姿すら、航大は愛おしく思ってくれるようだ。甘い声と表情で、南帆は深く思い知ってしまった。


ビーチのあとはマリンスポーツに参加し、海中を楽しんで、一日は暮れていった。

その日のディナーの時間、南帆は海中がどんなに美しかったかを熱心に語ってしまった。航大はもちろんにこにこ聞いてくれる。

「朝からずーっと楽しかった！　日の出も、ビーチも、ダイビングも……。一週間くらい時間が経ったみたいに濃い一日だったよ」

食事が済み、ホテルの部屋へ戻っても、南帆のおしゃべりは止まらなかった。それほど一日が充実していたのだ。

食休みとして、少しゆったり過ごすことにして、二人はソファに隣同士座る。今日撮った写真を見始めた。

「本当に楽しかった。写真もたくさん撮ったな」

航大が手にしたスマホで画像をフリックして、次々と見ていく。

彼の隣に腰掛けた南帆は、横から覗き込んで、想い出を再度共有した。

ソファの真ん前にある窓からは、ハワイの夜景が望める。

ホテルの高層階なので、眺めがいい。あまりに美しいからと、カーテンを少しだけ開けておいた。

「あ、これとかいいね。航大くん、すごく楽しそうな顔」

自分が撮った一枚を指差して、南帆は嬉しくなる。

ダイビングのあと、海の前で撮ったものだ。

満面の笑みで、ハワイの太陽のように輝いている表情の航大は、とても魅力的だった。南帆の言葉に、航大は照れくさそうにする。

「そうかな？　ありがとう。はしゃぎすぎたかな」

もちろん南帆は、笑顔で首を振った。

「私と過ごして、こんな素敵な顔をしてくれるのがすごく嬉しいよ。航大くんも、心から楽しんでくれてるってわかるもの」

南帆の穏やかな喜びの言葉に、航大の顔はほころんだ。ふわっと笑みになる。

「もちろんだよ。南帆と二人きりで、特別な時間を過ごしてるんだから。なにをしても楽しいし、わくわくする」

言いながら、航大は南帆の隣に座り直した。体が触れ合い、南帆の腰が抱かれる。

こうして寄り添うのも、もらえる言葉も、すべてから南帆は幸せを感じられた。

そっと体を傾けて、航大の肩にもたれかかる。彼のぬくもりを、自分の体で直接感じた。

旅行に来て本当に良かった、と噛みしめる。

単に遊びに来られただけではなく、航大と楽しい時間を共有して、もっと、もっと心が近付けたように感じられたから。

「南帆、今夜は早く寝たい？」

しばらくそうしていたが、航大がふと聞いてきた。南帆は少し考える。

「そうだね、明日は飛行機に乗るからちゃんと寝たほうがいいけど……」

言った通り、翌日はハワイの島々を移動する小型の飛行機に乗って、別の島へ行ってみる予定だった。今日は早朝からたくさん遊んだし、たっぷり眠ったほうがいい。

でも航大が、わざわざこう言うのだ。意味はちゃんとわかる。

「……もう少し、起きてたい……かな」

ちょっと照れくさかったけれど、言った。

観光スポットや遊び、買い物といった時間はもちろん堪能したい。

だけど旅行の目的はそれだけではない。

恋人同士として、特別な時間に、特別な意味で触れる時間だって欲しい。

少し欲張りなのかもしれない。だけど今は欲張っていい時間だ。

「ふふ、じゃあそうしよう。南帆、先にお風呂に入りなよ。お湯を溜めるね」

航大も南帆の意図はわかってくれたらしい。幸せそうに笑って、それだけ言った。

南帆の体を、ひとつだけぎゅっとしてから立ち上がる。バスルームを指差した。

「ありがとう。泡風呂がまたできるかな？」

少し名残惜しくも、このあと、もっと深く触れるのだからと、南帆は笑顔になった。

話題はお風呂のことへ移る。

昨日は広いバスルームにバスボムが置いてあって、泡風呂が楽しめたのだ。それを今夜も期待してしまう。

「やってみようか」

航大もちょっとお茶目な表情で笑い、二人はバスルームへ向かう。

一緒にお風呂の支度を始めた。バスルームであれこれ言い合いながら支度をするなんて、旅行先でしかしないことだ。ちょっと無邪気なひとときである。

それでも無邪気なのは今だけ。

お風呂を上がってからが、恋人同士の本当の時間だ。

「南帆」

薄暗くしたベッドルームで、南帆の名前が呼ばれる。航大の腕に抱かれて、耳元で囁かれれば、南帆の胸は簡単に震えてしまう。

お風呂から上がり、汗を流してさっぱりした。南帆はタオル生地のルームワンピースを、航大はバスローブを着た姿で、二人は再び寄り添う。

窓際でカーテンを少し開け、夜景を眺めていた南帆を、あとから入ってきた航大は、当たり前のように抱きしめた。

今度は恋人同士としての特別な時間がやってきた。

実感して、南帆はそっと目を閉じる。胴に回された航大の腕の上へ、手を添えた。

「昼間も楽しいけど、夜も素敵だ。こうして南帆と二人きりで、触れ合えるんだから」

南帆の髪に顔を埋め、航大は潜めた声で呟く。

南帆も同意だった。目の前に広がるのはハワイの街の夜景で、日本で見るものとはまったく違うけれど、それだけに特別感が強く迫ってくる。

「うん。二人だけの時間も欲しい、な」

心が喜ぶのを感じながら、南帆は答えた。

少しはにかんだが、本当の気持ちだ。

「ああ。この場所でこうしてるとさ、本当に、この地が俺と南帆を結び付けてくれたんだ、って感じるんだ」

ふと航大が顔を上げた。南帆の頭越しに、外の夜景へ少しだけ視線を向ける。

そして静かに言うので、南帆はちょっと驚いた。

「そんなふうに言ってくれるんだ？」

思わず聞いてしまったくらいだ。だってあまりに嬉しい。

「もちろん。だって初めて俺のアルバイト先で会ったとき、俺たちはまだきちんと出会っていなかったじゃないか。俺と南帆がそれぞれハワイへ来たからこそ、正しく知り合えたんだ」

航大はさらっと肯定した。それでもう少し詳しく話してくれる。

そう、二人は何年も前に出会っていた。

でもあの出来事だけではきっと、今の関係になれてはいなかった。この場所へやってきたことで、生まれた仲だ。

「それでこうして今、恋人同士でいられてる。運命のように感じるくらいだよ」

その通りのことを、航大も続けた。

穏やかに話しながら夜景を見つめる彼は、愛おしいものを見る眼差しをしているのだろう。南帆にはもう、気配だけで察せた。

そんな目をしてくれるのは、南帆と結ばれた場所であるハワイを、それほど特別に受け止めているからだ。

「……うん。私、ここで航大くんにきちんと出会えて、本当に良かった」

あまりに強い幸せを感じて、南帆は航大の腕に乗せた手を動かす。太い腕を、きゅっと握る形にした。

「南帆。この場所でも、日本でも、ずっと俺といてくれ」

腕を握られて、嬉しく思ってくれたらしい。航大は南帆の首すじに、そっと鼻先を埋め、潜めた声で言った。

航大の持つぬくもりが、南帆の首元に優しく触れる。でも南帆にとって、それはもう当然のことだった。

「当たり前じゃない。私が一緒にいたいのは、もう航大くんだけだよ」

だからそのまま答える。自分の気持ちをはっきり口に出した。

「ありがとう」

航大の返事はひとことだった。でも強い幸せが滲んでいるのが、彼の吐息が触れた肌から直接伝わる。

やがて航大は顔を上げた。少しだけ南帆を押して離す。

意図を察して、南帆は振り向いた。今度は向き合う形になる。

航大の手が、南帆の頬へ伸びてきた。大きな手が、すっぽり頬を包み込む。

南帆の目は自然と細められていた。

もうよく知っているこのぬくもりも、姉の結婚式の日にここへ来なければ、今、知ることはなかったのだ。

しばらく見つめ合っていた。

二人の交わる視線から、ここまでの想い出が交差するように南帆は感じる。

それほど永遠に続くかと思うほどの時間だった。

そして航大がそっと顔を寄せる。南帆のくちびると合わせてきた。

受け止めながら、南帆も手を持ち上げた。航大のバスローブを握る。

さらに自分からも体を寄せた。そのことでキスはもっと深くなる。

航大の手は、南帆の頬から離れ、頭に移った。南帆の頭を包み込んで、手と腕でしっかり捕まえる。

腕のあたたかさを頭から感じられるのも、まるで守るように包まれているのも、強い幸福感を南帆の胸にもたらした。鼓動がどくどくと速くなる。

触れ合いも深くなり、キスは少しずつ深夜のものになってくる。

くちびるの表面を合わせるだけではなく、こすり合わせたり、舌が触れたり……。

南帆の体の芯が震えてしまうほどになった頃、航大はやっと顔を引いた。それで腕を南帆の肩へ移動させる。

「行こうか」

小さくうながされて、南帆はちょっと照れながらも頷いた。航大の片腕は南帆の腰の下へ入り、軽々と抱え上げる。

抱っこもだいぶ慣れた南帆は、ドキドキしつつも穏やかな気持ちで航大の首元に腕を巻きつけた。そのまま二人は大きなベッドへ向かう。

ふかふかの布団は、ぱりっとした清潔なシーツがかけられている。南帆の体はそこへ降ろされた。

その後、航大の腕によって、丁寧に横たえられる。ドキドキする鼓動が強くなりながら、南帆は視界の上に映る航大を見つめた。

「南帆、愛している」

再び南帆の頬に触れ、包み込んで、航大が呟いた。

ごく小さな声だったのに、低い声音は甘い響きをたっぷり含んでいて、南帆の胸を一番奥から震わせる。

「……私も、だよ」

溢れそうな幸福を感じながら、南帆も小さく答える。同じ気持ちであることに、喜びがさらに強く、胸を満たした。

その喜びは、南帆に笑みを浮かばせていた。ふわっと、やわらかく頬が緩む。

航大は南帆の反応に目を細めて、包んだ頬を優しく撫でた。

「南帆のほっぺた、えくぼができて、かわいいよな」

愛おしげな表情で見つめられて、南帆はちょっと照れくさくなる。

えくぼは女友達に「魅力的だね」と褒められるけれど、航大から「かわいい」という言葉で表現されるのは、別の意味で嬉しい。

「そ、そう、かな？」

よって返事ははにかむ。南帆の反応に、航大はもっと笑みを濃くした。

頬を確かめるように撫でてくる。手から伝わる心地良い体温は、南帆の胸に、喜びとドキドキを、両方もたらした。

「この頬に触れていいのも、俺だけだ。もう俺だけの大切なひとだからな」

たまに発言する、独占欲に似た言葉がやってくる。

もちろん南帆にとって、その感情と言葉は喜びだ。

無意識のうちに、もっと笑みが濃くなった。

「嬉しい。そうなってたら、嬉しいよ」

喜びに溢れた心のまま、素直に答えた。噛みしめるように繰り返してしまう。

航大も南帆の返事にやわらかな笑みで頷いた。

「付き合ってからの今までも、そしてこれからも、ずっとそうだ」

囁くように断言する。南帆の胸が、心地良く震えた。

「今夜は寝かせてやれないかもしれないな」

胸が震えたのは感じ取られたらしい。南帆の表情を見つめ、航大は笑った。南帆を求めすぎていると自覚しているのか、苦笑が混じった笑みだ。

それでもその中には、南帆を深く想ってくれる気持ちがたっぷり詰まっている。

南帆はもう何度目かもわからない、照れと喜びを両方覚えた。もちろん受け入れる返事をする。

「大丈夫。お昼寝もしたもの」

でもそれは航大を困らせてしまったらしい。苦笑が強くなった。

「そんなふうに言ったら、もっと手加減できなくなるだろう」

眠ったほうがいい状況と、心ゆくまで愛し合いたい気持ちがある夜だ。

（でもきっと、愛し合いたい気持ちのほうが強くなっちゃうんだろうな）

南帆は航大を受け止めるために目を閉じながら思った。

自分も苦笑になってしまう。

だって今夜は特別な場所での、特別な夜。

愛を交わす時間だって、たっぷり欲しいと欲張っていいときだ。

第六章　台風の夜に

「わぁ、こんなにもらっていいの!?　ありがとう！」

久しぶりに帰った実家のリビングで、長テーブルに南帆がずらりと並べていくお土産に、姉の李帆は目を輝かせた。はしゃいだ声を出す。

お菓子、特産の食べ物やフルーツ、お酒。

雑貨、服、アクセサリー……。

帰ってきたときには「ちょっと買ってきすぎたかな」と苦笑した南帆だったけれど、これほど喜んでもらえたら、やはり買ってきて良かったと思う。

これは自分と航大、二人からのお土産なのだから、少し多くてもちょうどいい。

それに李帆以外にも受け取ってくれる相手がいるのだ。

「まぁ、たくさんねぇ。よく荷物に入ったわね」

リビングのドアが開き、母が入ってきた。お茶がのったトレイを手にしている。

南帆はそちらを見上げ、立ち上がった。

「入らなかったよ？　向こうのホテルからこっちに発送したんだよ。航空便だから届くのに少し時間がかかったの」

トレイを長テーブルに置いた母を手伝い、話しながらお茶を配っていく。マグカップに入っているのは熱々の紅茶だ。

楽しい旅行も無事終わり、日本に帰ってきた。

もう十二月になってだいぶ経つ。

リビングには暖房が入っているし、外はすっかり冬の気候だ。熱い紅茶は特に美味しいだろう。

皿に入ったクッキーもあった。南帆と李帆が好きな店のもので、南帆は母の気遣いに嬉しくなる。

「お母さんにはこれね。お姉ちゃんのと、色違いなの」

お茶をお供に、再びお土産を見始めた。

南帆は服を取り上げて、広げてみせる。これは南帆がハワイで着たのと同じ、ムームーだ。

「まぁ、ムームー？　李帆のお式のときに現地で見て、かわいいと思ったのよね」

母は顔を明るくする。受け取ってくれた。隣で李帆もピンク色の一着を、楽しげに広げている。

「ちょっと派手かしら？」

落ち着いたベージュ色だが、大きく花柄が入っている。胸元に当てた母は、そんなふうに言った。でももちろん南帆は否定する。

「そんなことないよ。家で過ごすときにくつろげてちょうどいいから、いっぱい着てほしいな」

「そうね、ありがとう。冬でも夏の気持ちになれそうだわ」

南帆の言葉に、母はちょっと照れたように笑った。

その後もアクセサリーを合わせてみたり、雑貨を早速リビングの棚に置いてみたり、お土産を堪能する。

今日は仕事で不在の父へのお土産も、説明して母に渡しておいた。

そして南帆が「これ、悠吾さんに」とお土産のひとつを李帆に見せたときだった。

「不思議なものねぇ、南帆のお相手が、悠吾さんのお友達だなんて」

ふと母が言った。悠吾の名前が出たことで頭に浮かんだらしい。

母にはもうだいぶ前に一度、航大を紹介していた。

そのとき母は、航大が悠吾の友人であることにも、李帆の結婚式で南帆と知り合って交際に至ったという経緯にも、大いに驚いていた。

元カレと航大との繋がりは、さすがに話さなかった。晶と別れたという話は、せざるを得なかったけれど。

だが彼らの繋がり以外の点でも、南帆や李帆、それから悠吾にとって航大は、十分に縁が深くて、母にとっては驚きだろう。

ちなみに彼の職業……パイロットである点にも、母は違う意味で驚いていた。

パイロットという職業のひとは周りにいないので、興味を示したくらいだ。

「高校時代からのお友達なんだから、すごいよね。結婚式に招待してくれた悠吾に感謝しないと」

李帆もにこにこ笑いながら、そう言った。悠吾へのお土産を膝に置き、優しく手を添えている。

「本当ね。南帆もこれからが期待できるし、ゴールインしたら、悠吾さんにお礼をしないとね」

でも母からはそんなふうに繋げられるので、南帆はちょっとドキッとした。

そういう可能性は確かにあるし、そして事あるごとに、娘の結婚を気にしてくるこの母なら期待して当然だ。でもさすがにまだ早いと思うのに。

「もう、お母さんはすぐそっちに持っていくんだから！」

その母を軽くにらんだのは李帆だ。

母の性急すぎる発言に呆れた、という声音になる。

「南帆、二人のこれからのことは、二人のペースでいいんだからね。今は旅行を楽しめる仲なのが一番だよ」

それで南帆に向かってそう言ってくれるから、南帆は安心した。

結婚を視野に入れたことを母に言われても、今なら、そう嫌な気持ちにはならないけれど、やはり性急ではある。姉にこう気遣ってもらえたら嬉しい。

「うん、わかってる。ありがとう、お姉ちゃん」

なので素直に笑ってみせて、お礼を言った。

李帆も安心した笑みに戻り、違う話題を口に出す。

「お土産は渡しておくけど、悠吾も『旅行の話を聞きたい』って言ってたよ。南帆が年末年始、実家に帰るなら、私と悠吾も予定を合わせようと思うの」

義兄から興味を持ってもらえたと聞いて、南帆はもっと嬉しくなった。

「本当に！　ぜひ会いたいな。私は三十日頃に帰ろうかなって考えてたけど、お母さんたちの都合はどう？」

そのまま話題は年末年始の過ごし方のことになる。母も交えて、日程を考えた。

素敵なお土産がたくさん並ぶ中で過ごす家族の時間は、ゆったりとしていた。

あたたかなお茶をお供に、冬の休日は穏やかに過ぎていった。


冬は少しずつ深まっていって、やがて十二月も終わりに近付き、年末になる。

年末年始、南帆は数日実家に帰省して、訪ねてきた李帆と悠吾の夫婦と一緒に過ごした。

航大はもちろん仕事だった。

年末年始はやはり旅行や帰省のシーズンだ。お休みどころか、繁忙期である。

それでもメッセージは毎日送り合ったし、航大はフライト先から、ビデオ通話もしてくれた。

そういうやり取りはいつもと同じだったが、南帆は心配だった。

毎日忙しいのに、しかも寒い中での激務なのに、疲れていないだろうか。

それに一月中旬にはパイロットの学科試験があって、勉強も必要だと聞いた。

体調も、忙しさについても、心配することが多い。

だから自分との連絡に時間を使ったら休む時間が減ってしまう、と南帆は思い、あるとき聞いてみた。

でも航大は「そんなことないよ」と言った。

「鍛えてるし、繁忙期も毎年のことだからもうすっかり慣れてるさ。むしろ今年はいつもより元気いっぱいだよ。南帆と話せるのが楽しみで、気合いが入るんだ」

ある通話のとき、そう話してくれて、南帆は胸が熱くなった。

自分との時間をそんなふうに言ってもらえて、すごく嬉しい。

「だから南帆さえ時間が合うなら、いつものように通話してくれよ。俺の心のエネルギーだ」

おまけにそうまで言ってくれた。南帆はもちろん満面の笑みで頷いた。

そんなやり取りもあった、お正月休み。元日には家族でお祝いをした。

お屠蘇を飲み、お雑煮とおせちを食べて……。穏やかな年始を過ごす。

家族で過ごす時間、航大と話す時間。

どちらも南帆にとっては特別で、素敵なひとときだった。

航大の仕事がやっと落ち着いたのは、一月の半ばも過ぎた頃だった。

学科試験も無事クリアしたので、数日、日本での休暇があると聞いた。

よって南帆は、そのとき航大の家へ泊まりに行くことにした。

前回、直接会ったのは、数日遅れのクリスマスを過ごしたときだ。

繁忙期なので、半日だけのデートだった。だけど南帆は、航大が忙しい中で時間を取ってくれただけで嬉しかった。二人きりの、幸せな時間になった。

あれからもう、三週間ほどが経っている。だいぶ久しぶりだ。

泊まりなら、腕を振るって美味しい料理を作りたい。それに航大は忙しいシーズンのあとだから、ゆっくり過ごしてほしいとも思う。

航大の休暇初日、南帆はスーパーに寄って食材を買い込んだ。そのまま航大の家へ向かう。重たいエコバッグと、大きな幸せの予感を持って、マンションを訪ねた。

航大の部屋に着き、再会を喜び合った。二人は玄関で幸せなハグとキスを交わす。

それも落ち着いたあと、夕食の仕込みのために、南帆はキッチンに立った。

アイボリーのニットと、厚手のロングスカートの上にお気に入りのエプロンをかけた格好で、作業をしていく。

二人で食べる美味しい夕食のことを考えると、胸はあたたかく弾んだ。

そんなふうに、家でゆったり過ごしていたときだった。

「……あれ、こんな時間に天気予報？」

リビングから聞こえるテレビの声を、南帆はちょっと不審に思った。

どうも天気予報のアナウンスのように聞こえるけれど、まだ午後の時間だ。天気予報をやるなら、朝か夕方というイメージがあるのに。

「ああ、台風予報が本格的に出たんだ」

南帆の疑問に、航大が答えた。

リビングのテレビ前に座った彼は、部屋着のセーターとスウェットパンツの姿で、長期間、外にいた間に溜まった洗濯物を畳んでいたところだ。

台風予報とは穏やかでない。南帆は煮込んでいた鍋の火を落として、リビングへ向かう。

航大の隣に座った。テレビに向き合う。

「大丈夫だよ、まだ先のことみたいだから」

南帆が『台風』と聞いて、早くも心配になったのを、航大も察したらしい。そう言ってくれた。

航大はもっと詳細な気象情報を、普段から毎日チェックしている。

すでにそちらで予報を見ていたらしいが、こうして日本のテレビで情報を放送するとなれば、いよいよ近付いているのだ。

南帆が心配になったのは飛行機のことだ。

台風の中でフライトをするのは、もちろん相当大変だ。下手をすれば、命すら危険にさらされる状況になる。

天気予報によると、南のほうで大型の台風が発生したらしい。十日ほどあとには、日本にも接近するそうだ。

そしてその日付は、南帆が覚えている限りなら……。

「この日……航大くんが、日本へのフライトをする頃じゃ……？」

違っていてほしい、と思いながら口に出した。そろっと航大のほうを見る。

だが残念ながら、正解だった。

「うん、そうみたいだな。もしかしたら日程がぶつかってしまうかもしれない」

南帆の視線を受け止めて、航大は難しそうな、困ったような微笑を浮かべた。

南帆はもっと心配になってしまう。

パイロットになって長い航大は、たくさん経験も積んでいる。今まですべてのフライトを無事に遂行していると聞いていた。

だけど毎回、絶対にそうなる保証はない。こんな悪条件の中なら、どうなるかなんて、余計にわからない。

「だけど無理のあるフライトスケジュールはないから、大丈夫だよ」

心配そうな目になった南帆を見つめて、航大はもう少しはっきり笑顔になった。勇気づけるような声で言い切る。

「そうだと思うけど……」

それでも心配は消えない。南帆の声は少し曖昧になってしまった。

そのためか、航大は今度、ちょっと硬くなった声で、真剣な調子になる。

「俺は飛行機に乗っているお客様や乗務員、すべてのひとの命を預かってる。だから絶対に無理なフライトはしないし、それだけの仕事を務めあげてみせる。全員、無事で帰ってくるよ」

航大の仕事と責任に対する、強い決意がこもった言葉だ。

南帆の胸が、どきん、とひとつ跳ねる。

単に『大丈夫』と言われたときよりずっと、現実味を帯びて胸に迫ってきた。

その南帆に、航大の目元はちょっと緩む。でも真剣な声音は変わらなかった。

「子どもの頃、俺の憧れになった機長と同じように、俺もすべてのひとが安心できるフライトをする。パイロットになろうと決めたとき、そう決意したんだ」

子どもの頃の想い出……航大がパイロットを志すにあたって、重大なきっかけになった出来事だ。航大は当時の想いを噛みしめるように話す。

南帆の心臓は、とくとくと心地良い熱を流し始めた。

不安は消えない。

こんな状況が目の前にあるとなれば、仕方がない。

でも航大の気持ちと言葉は信じられるし、信じていい。

心配があっても、航大がこう言ってくれるなら、絶対に大丈夫だ。南帆の胸の奥から確信が湧いてくる。

そのとき航大がふと、下のほうに手をやった。ズボンのポケットに手を入れ、中からなにかを取り出す。

出てきたものを見て、南帆は目を見張った。深い紺色の革でできたそれは……。

「それに、俺にはこの『お守り』がついてる。だから大丈夫だ。絶対、南帆の元に帰ってくる」

それ……南帆の贈ったキーケースをぐっと握りしめ、航大は言った。

今度は真剣ながらも、確かに笑顔だった。自信に溢れた表情だ。

(ずっと持っててくれたんだ……)

南帆の胸に、もっと熱いものが溢れた。

南帆が手作りしたキーケースは、航大の言う通り、特別なひとつだ。航大のことを想いながら、ひと針、ひと針、丁寧に縫って、作り上げた。

しかも持ってくれただけではない。『お守り』とまで言ってくれる。

それほど南帆の気持ちを、いつも近くに持っていてくれるのだ。

「うん！　航大くんならきっと大丈夫。待ってるよ」

だからもう南帆の顔からも、不安な表情はなくなった。心配ながらも、笑みを浮かべ、はっきり言う。

「ありがとう、南帆。絶対に遂行してみせるよ」

南帆の言葉と表情に、航大は真剣な笑みを少し崩した。

それでも自信がたっぷり感じられる顔で、手を伸ばす。南帆の肩に両腕を回した。

しっかり南帆の体を包み込む。全身で抱きしめてくれた。

そのぬくもりと、力強さに、南帆の安心はもっと濃くなる。

「次に会えるのは、そのフライト明けになるかな。また、しばらく空いちゃってごめん」

南帆を抱きしめながら、航大は申し訳なさそうだった。でも南帆は否定する。

「ううん、気にしないで仕事に集中してよ」

心からの言葉だ。

会うのに時間が空いても不満はない。

むしろ航大がそれほど仕事を大切にして、頑張っているのを素晴らしいと思う。

台風のことだけは心配だけど、もし台風に当たっても、航大ならきっと乗り越えられる。それだけの強さを持ったひとだ。

だから自分は信じて待とう。

南帆の胸に、そんなあたたかな決意が強く溢れた。


(だいぶ風が強くなってきた……)

あれから十日ほどあとの、例の台風が近付くと予報があった頃のこと。

再び航大の家で過ごしていた南帆は、いよいよ直面したゆえの心配を抱いていた。

ニットワンピースに部屋用のパーカーを羽織っているので寒くはない。部屋も暖房がよく効いている。

でも外の様子を見れば、心の奥が冷たくなりそうだ。

まだ昼間なのに空はすっかり曇っている。風も強くなって、木々がざわついているのが見て取れた。

(予報によると、やっぱり航大くんのフライト時間がピークみたい……)

毎日天気予報を見ていたけれど、やはり時間はその頃に当たってしまうようだ。彼を信じていても、心配する気持ちは消えない。

（……大丈夫。いくら嵐の中でも、航大くんなら絶対無事にフライトを遂行できるよ。そう信じてる）

南帆はきゅっとカーテンの布地を握り、自分に言い聞かせる。

実際、そう思う。

いくら状況が悪くても、航大なら絶対に乗り切れる。信じている。

（うん、だから私は、航大くんが仕事を終えたときのために、支度に集中しよう。きっとくたびれて帰ってくるから）

もう一度、自分に言い聞かせてそっとカーテンを引いた。窓際から離れる。

航大の仕事が明けるのは夜だ。

でも南帆が昼間から家にお邪魔していたのは、家の中を整えておくためだ。航大が帰宅したあと、快適に休めるように。

シーツやタオル、布団はハウスキーパーが常に手入れしているので必要ないが、部屋着やパジャマなどは南帆が洗って、浴室乾燥機にかけた。

お風呂も改めて軽く掃除して、お湯を溜めるだけで入れるようにする。

ほかには食事の支度だ。仕込みをしておけば、航大が帰宅してすぐ、仕上げて食べられる。

疲れて帰ってくる航大に、好きなものを食べてほしくて、料理は和食を選んだ。

煮物と魚料理がメインのシンプルなメニューだが、航大はこういった食事を好む。

「和食は優しい味がして好きだ」と言うのだ。

今回、魚料理は寒い中なので、旬の寒ブリにした。洗って下準備をし、調味料も合わせておく。これであとはフライパンに入れて焼くだけだ。

ブリの切り身は、脂がのって見るからに美味しそうだ。冷蔵庫に入れておいた。

ほかには定番の筑前煮を煮る。味がよく染みるように、落とし蓋をするレシピを使い、じっくりと煮込む。

ほかにも何品か、仕込みができる副菜を作っていたが、その間にも、外の様子はさらに台風らしくなってくる。

雨が降り出したし、風も窓に当たる音が聞こえそうなほど、強くなった。

取り組んでいた家事が終わる頃には夕方だったが、もうそのときには、すっかり外は嵐だった。

（……お仕事終わりまで、あと三時間、くらいかな）

どうしても窓のほうを気にしてしまう。南帆は時計を見て、そう目算した。

今日はこのまま、家で待っている予定だった。

航大が昨日、会う時間の打ち合わせをするときに、「台風が酷くなると困るから、家で待ってて」と言ってくれたのだ。

気遣いが嬉しかった南帆はお言葉に甘えることにしたのだけど、今はこの状況に、どうにもそわそわしてしまう。

気持ちを落ち着けるために、先にお風呂に入ることにした。自分が済ませておけば、夜がスムーズになる。よってお湯を溜めて、入ったのだけど……。

（……これは……）

お風呂を上がり、髪を乾かして出てきた南帆は、顔をしかめてしまった。

窓の外はさらに酷い天気になっていたのだ。

ごうごうと吹き荒れる風の音が、かすかに部屋の中にも聞こえてくる。雨も激しく窓を叩いて、水しぶきを跳ねさせていた。

想像よりもずっと酷い悪天候に、南帆の心配はさらに膨らみ、胸を嫌な感じに満たしていく。

薄々考えていたことが、頭に浮かんだ。

ためらった。航大が「待ってて」と言ってくれた気持ちを無下にしてしまうかもしれない。

だけど自分だけ安全な場所で待つのは、とても耐えられない。

もうここまで何回も見たスマホの台風予報を再び見て、窓の外の様子も見て……。

南帆はついに心を決めた。

まず外出用の服に着替えた。さっきまで着ていたニットワンピースの上に、厚いダッフルコートをしっかり着込む。

次にガスと戸締まりを確認する。そうして最後にスマホを手に取った。

航大の操縦する飛行機は、順調にいってもまだ空の上にいる時間だ。

でも一応、自分の動向は送っておいたほうがいい。

『台風、酷いね。心配だから空港に行って待ってるよ』

そのように送った。仕事から上がったら見てくれるだろう。

準備をすべて終えた南帆は、スマホからタクシーを呼んだ。電車は止まっているかもしれないし、自分が濡れていたら航大が別の心配をしてしまう。

数分でマンション前にタクシーが着いた。ブーツを履き、マフラーも巻いた南帆は名前を告げて、乗り込む。

「羽田《はねだ》空港までお願いします」

行き先を運転手に伝える。タクシーは酷い風雨の中を走り出した。

後部座席に座った南帆は、走る間、黙ったまま、ずっと窓の外を見つめていた。家の窓よりずっと薄い窓ガラスなのだ。台風の暴風雨はもっと強く、近くに感じられる。南帆の不安と心配は、ちっとも落ち着いてくれなかった。


空港に着いたときには、もうすっかり夜だった。

乗降場でタクシーを降りた南帆は、酷い風雨を体で感じて、小さく震える。天気の悪さと夜の闇で、空は真っ暗だ。不安がさらに強くなりそうで、南帆は意識して、空の様子を見ないようにする。

ひとまず状況を把握するために到着口へ行こうと、歩き出した。でも建物に入り、空港内を歩き出してすぐ、眉を寄せてしまう。

今夜の空港のフロアはひとがだいぶ多い。飛行機に乗る予定だった乗客や、その見送りのひと、あるいは到着する乗客を迎えに来たひとがほとんどだろう。今まで南帆が見たこともないほど、ごった返していた。

しかもみんな不安げな様子だ。重たい空気がフロアに満ちていた。

アナウンスも頻繁に流れている。それもかんばしくない内容だった。

到着する便は多くが遅延していて、出発する便のほうは、ほぼすべてが欠航。その振り替えについてなど……。

空港スタッフのアナウンスは丁寧だったが、張り詰めた空気が伝わってきて、心配が募った。

ロビーの客たちもため息をついたり、不安げな会話を交わしたりしている。

到着口に着いた南帆は、電光掲示板を見上げた。

航大の飛行機が本来到着する予定だった時間を探す。

数秒で表示は見つかったが、もちろん『遅延』と情報が出ていた。

南帆の胸が、不安にきゅっと締め付けられる。

本当ならもう到着している時間なのに。やはり遅れているのだ。

でもここで不安になっていても始まらない。

南帆は到着口の近くから離れて、待合室のソファに腰掛ける。

航大の到着まで待つつもりだった。そのソファも、立ち往生するひとたちで、ほとんどが埋まっている。

待つ間、時々到着口から乗客が出てきた。なんとか到着した便から降りてきたひとたちだ。全員、安心しきった顔か、疲れた顔をしていた。

その乗客を迎えるひとたちは、みんな安堵した様子で駆け寄っていた。手を取ったり、ハグをしたりして、無事を喜んでいる。

南帆もそういう様子を見るたび、ほっとしていた。胸も熱くなる。

今、空の上や空港内で働いているスタッフは、航大だけではない。降りてきた乗客たちが無事だったのも、操縦していたパイロットが相当頑張ったためである。

航大のことも心配だ。

でも今となっては、ここにいるひとたちと、ここへ向かう飛行機に乗っている乗客やスタッフ、すべてのひとが心配だった。

みんな、無事でいてほしいと思う。

そして台風も何事もなく過ぎ去ってほしい。

不安と心配と祈りで南帆の胸はいっぱいになり、座った膝の上で、ぎゅっと手を握っていた。

やがて何十分も……一時間以上も経ったが、状況は変わらなかった。

航大の飛行機が到着したとの表示は出ないままだし、空港にいるひとたちも、多少入れ替わっただろうが、ごった返しているままだった。

でも南帆は引き続き、待つつもりだった。

ここで待っていれば、航大は絶対に来てくれるのだから。

信じているし、約束もした。だから大丈夫だ。

喉が渇いて、売店でホットの紅茶を買った。小さなペットボトルはあたたかかったのに、暖房が効いていても冬なので、すぐに冷えてくる。

不安を煽るような温度がなんだか嫌で、南帆はすぐに飲み干して、回収箱へ入れてしまった。またじっとして待つことになる。

時間だけが経ち、夜はどんどん深まってきた。外の天気も変わらず、荒れている。

今日の出発が欠航になり、待つのを諦めたひとたちは空港を出ていった。到着した乗客を無事迎えたひとたちは、安心して帰っていった。時間が経つごとに、ひとは減ってくる。

だがこれはこれで、がらんとする空港内に不安が湧いた。南帆は気持ちを強く持つよう意識することになる。

時折スマホを開いて、天気予報を見ていた。でも思わしくない情報しか出てこなくて、毎回落胆してしまった。

もしくはメッセージアプリを見た。

航大とのやり取りは、南帆が空港に来る前のメッセージが未読で表示されて、止まっている。それで当然だとわかってはいても、胸がざわざわした。

気持ちを持ち上げるために、それ以前のやり取りを閲覧した。

『明日、帰るよ。気を付けて向かうからな』

『うん！　待ってるね。航大くんのおうちにお邪魔してていいかな？　家のことをしておきたいかなって』

『いいのか？　ありがとう！　ぜひ待っててくれ。南帆にすぐ会いたいよ』

『私もだよ。じゃ、ご飯の支度もするよ。なにが食べたい？』

そんな何気ないやり取りが並んでいる。でも今、見ると胸が締め付けられた。

(大丈夫。絶対、またこういうやり取りをできる時間に戻れるんだから。心配しなくていいの)

不安と確信が両方、南帆の胸の中に湧く。どちらが強いのか、もうわからずに、ただその感情を抱えているしかなかった。

それでも状況は変わらなかった。ついに深夜と呼べる時間になってしまう。

空港内の明かりも減らされて、薄暗くなった。

普段なら「そろそろ眠たいな」と思う頃なのに、今は眠気なんて湧くはずがない。

時折スマホや電光掲示板の表示、あるいは周りの様子を見るだけで、南帆はその場にい続けた。

いつの間にか、あるものを手に握っていた。

それはここまでバッグに入れていた、ピンクベージュ色のキーケースだ。端に南帆のイニシャルが入っている。航大にプレゼントしたものと、お揃いだ。

航大は出発前、これを握って「お守りだ」と言ってくれた。

だから今、心配でいっぱいの自分にとっても『お守り』だと思った。

（大丈夫……絶対に大丈夫。航大くんなら絶対無事で戻ってくるし、乗っているひとたちも守ってくれる……！）

握っていると、勇気が湧いてくる。確信も強くなった。

だけど午後からずっと気持ちが張り詰めていたし、夕方からは空港に来て、待ち続けていたのだ。体はどうしても疲れてくる。

疲労感から南帆は、いつしか背もたれに寄りかかっていた。それでも信じる気持ちは変わらずにいたのだが……。

「……南帆！」

不意に声がかかった。

南帆はその声でハッとする。どきんっと胸も強く高鳴った。

顔を上げ、周りを見回す。

向こうから航大が歩いてくるのが見えた。

まだ制服姿だ。仕事を上がってすぐに来てくれたらしい。きっと南帆が送っていたメッセージを見たのだろう。

見てわかるほど疲れた様子だったが、表情だけは違った。

南帆を見つけて、呼んできた航大は、安堵と喜びの顔をしている。

「……航大くん！」

南帆の胸に、ぶわっと熱い感情が弾けた。

安心の気持ちは、南帆の全身を熱くした。勢い良く立ち上がる。

「南帆！」

今度はもっとはっきり呼んだ航大が、両腕を伸ばした。

南帆は数歩の距離を駆け寄って、その中へ飛び込む。

「おかえり……！」

噛みしめるように言った言葉は、涙声になった。

でも安心から湧き上がった涙だ。実際に目元にも、じわっと熱い雫が滲む。

その南帆を受け止めて、航大はしっかり力を込めて抱きしめた。存在を確かめるように、太い腕で南帆の全身を包み込む。

「ただいま。待っていてくれてありがとう」

航大の声も、噛みしめる響きをしていた。

南帆が待っていたのを嬉しく思った、という気持ちが痛いほど伝わってくる。

強く抱かれた全身から、航大の持つぬくもりが直接感じられた。

体温があたたかくて、体は厚くて硬い。よく知っている感触は、南帆に心からの安堵をくれた。

不安と心配は、一気にとけて、流れていった。

代わりにあたたかな感情で胸がいっぱいになる。溢れてしまうほどの感情は、涙になり、南帆の頬へ伝った。

「心配かけてごめんな」

南帆の涙に気付いたのか、航大は申し訳なさそうに言う。だけど南帆はもちろん首を振った。

「ううん……！　心配だったけど、航大くんなら絶対大丈夫だって信じてたもの！」

きっぱり言い切った南帆に、航大は今度、息を呑んだ。

そして数秒後に、再び噛みしめる声音に戻る。

「……ありがとう。南帆にここまで信頼してもらえて、俺は幸せ者だな」

感動した、という響きで言われる。その気持ちは南帆も同じだった。こう受け取ってもらえるのを、とても幸せだと感じる。

「ずっと待っててくれて、疲れたよな？　行こうか」

やがて航大はそっと南帆の肩を押して、自分から離す。代わりに優しく肩を包み込んだ。

「航大くんのほうが疲れてるでしょ？　私なら平気」

手つきと気遣いに、もっとあたたかな気持ちを感じながら、南帆は答えた。

その返事は航大に苦笑されてしまう。

「まったく南帆は……。優しすぎて困ってしまうよ」

でもとても幸せそうな苦笑だった。

そのあと航大は数十分で着替えなどをしてきて、二人はようやく空港を出た。日付はとっくに変わっている。

航大の車は駐車場にあるけれど、さすがに今、自分で運転するのは辛いだろう。

だからタクシーで帰るのかな、と思った南帆だったが、航大が向かったのはホテルだった。

「航空会社で契約しているホテルに泊まるよう、上司に勧められたんだ。ダブルルームだから、今夜は一緒に休んでいこう」

確かに航大の家は空港から近いとはいえ、移動はさらにくたびれる。近くで休めるなら、そのほうがいい。

ホテルには話が通っていたようで、すぐチェックインできた。

客室階までエレベーターで上がり、ダブルの一室に入る。

航大はすぐシャワーを浴びた。そして空港を出た三十分ほどあとには、二人とも、もうベッドに入ったのである。

「お疲れ様、航大くん。ゆっくり休んで」

ホテルのパジャマを着て、クイーンサイズのベッドに横たわった航大に、南帆は手を伸ばした。髪を撫でる。

普段、航大が南帆にしてくれるような手つきだったが、今はこうしたいと思ったのだ。航大も嬉しく思ったという顔で、ふわっと微笑む。

「ありがとう」

それだけ答え、目を閉じる。

鍛えていても、今日ばかりは並みの疲労ではないに決まっていた。

航大は数分で寝息を立て始める。小さい呼吸に変わった。

南帆はその様子を隣から見守っていた。自分がとても優しい眼差しになっているのを自覚する。

(本当に……良かった)

じんわりと実感が胸に湧き、南帆の心をさらに穏やかにした。

今日はずっと落ち着けなかったけれど、もうそんな気持ちは終わりだ。

航大は無事に仕事を遂行して帰ってきたし、台風もこのまま去るだろう。

やがて南帆も航大の隣に潜り込んだ。自分もパジャマに着替えていたので、すぐ眠れる。

かけ布団を肩まで持ち上げて、眠る航大にもしっかりかけてあげた。

そうしてから航大の横へ身を寄せた。胸に頬をくっつける。

そうすれば航大の胸から、とくとくと優しい鼓動が伝わってきて、安堵はもっと強くなった。

航大は深く眠っている中でも、南帆が寄り添ったのを感じ取ったらしい。ごそっと動いて、南帆を抱いてきた。

無意識でもこうして自分を受け入れてくれるほどに、航大からも信頼されているのだ。南帆の幸せはさらに大きくなった。

それでも南帆も、ずっと待ち続けてくたびれていたのだ。

航大の胸に頭を預け、目を閉じれば、数分で意識は眠りへ落ちていった。

寄り添い合って、ぐっすり眠る。

穏やかな時間が、優しく、ゆっくり過ぎていった。


台風一過の空は非常に晴れやかだった。

翌朝、ホテルのカーテンを開けた南帆は、安心からつい頰を緩ませてしまったくらいだ。

少し遅めの時間にホテルで目覚めた二人は、ルームサービスの朝食を食べてからチェックアウトした。二人とも、前夜着ていた服の姿だ。

帰りは航大の車だった。空港の駐車場まで戻って、二人で乗り込んだ。

「ごめんな、南帆。昨日は夕飯の支度をしてくれただろうに」

一晩ぐっすり眠って、すっかり回復した航大が、申し訳なさそうに言ってきた。

でもその心配には及ばない。助手席に座る南帆は、運転席の航大に視線をやって、首を振った。

「ううん。冷蔵庫に入れておいたし、冬だから大丈夫だよ。むしろ味が染みたかも。今日のお昼に食べようか？」

下ごしらえをした魚も、煮込んだ筑前煮も、しっかり冷蔵庫にしまってきた。だからもう一度、火を通せば大丈夫だ。

それを聞いて、航大も頬を緩めた。

「良かった。それならぜひ食べたい」

すっかり穏やかになったやり取りをしながら、二人は航大の家へ向かう。

家は空港からほど近いエリアにあるので、十分少々も走れば到着するのだが、今日は台風のあとだからか、少し道が混んでいた。

でも急ぐことはない。二人ともゆったりとした空気だった。

「南帆、今度、実家に帰省するんだけどさ」

その間に、ふと航大が言った。年末年始はずっと仕事だったし、家族に会いに行って自然だ。南帆は「いいね」と答える。

「ゆっくりしてきてよ。お仕事がずっと忙しかった上に、台風にまで遭ったから、ご家族も心配されたよね」

そう言ったのだけど、航大の答えは少し違っていた。

「うん。でも今回は日帰りしようと思うんだ。南帆、再来週の日曜日は空いてる?」

急に自分の予定を聞かれて、南帆は不思議に思った。でも予定はない日だ。

「空いてるよ。特に予定はないかな」

よってそのまま答えた。

だが航大が続けた言葉に、ちょっとドキッとしてしまう。

「そうか。じゃあ、もし南帆さえ良ければなんだけど、一緒に来てくれないか?」

ちょうど信号で停まっていたところの航大は、南帆を見て、そう誘った。

言い方は普通だったけれど、表情は少しだけ、ほんの少しだけ硬いように見える、と南帆は感じる。

そして誘いの内容も察した。

実家への帰省なのだ。もちろん両親や身内に会うだろう。

そこへ「一緒に来てほしい」となれば……。

「う、うん。私でいいなら……」

急にドキドキしてきながら、南帆は答えた。

緊張が生まれたが、断るはずはない。むしろ航大にこう誘ってもらえて、喜びを覚えてしまう。

だって大切な家族に紹介したいくらい、南帆を好きでいてくれるということだ。

今の関係なら当然、「彼女なんだ」と紹介されるだろう。嬉しいに決まっている。

「南帆を紹介したいんだって。俺の一番大切なひとなんだから」

航大は南帆が控えめに言ったからか、ちょっと苦笑した。南帆もそれにつられて、笑みが浮かぶ。

「じゃ、時間はまた合わせよう。神奈川までドライブだし、実家で少しゆっくり過ごしたいから、一日かかると思う」

そのとき信号が変わった。

航大が前を向き直して、車を発進させながら、そう話を締めた。

「わかった。一日空いてるから、時間は大丈夫だよ」

南帆も同意する。でもそこから家に着くまで、ドキドキは去らなかった。

航大の家族に会う。

それはつまり……将来も共にいる仲になれる可能性がある、ということだろう。

誘いからそんな察しをしてしまい、南帆は非常にくすぐったくなった。

もうずっと、航大と付き合ってから、そうなれたらいいなと思っていた。目の前に可能性として出てくれば、どうしても期待してしまう。

(新しいワンピースを買わないといけないな。あ、コートもまだ必要だよね？　少しかしこまったものを見てこようかな……)

航大の家が見えてくる頃、南帆は頭の中でそう考え始めていた。

大切なひとたちにお会いするのだ。しっかりした格好が必要である。

好印象を持ってほしいし、それ以上に自分自身が、航大に紹介されるだけの『素敵な彼女』でいたいのだ。

第七章　プロポーズと祝福

当日はいい天気になった。二月の中旬にしてはあたたかな日差しの日だ。

午前八時頃に、航大が車で南帆の家まで迎えに来てくれた。南帆は少し緊張しながら乗り込む。

新しく買った服は、グレンチェックのワンピースと、アイボリーのコートだ。あたたかく、それでいてきちんとした格好になったはずだ。

航大の服装も、ややかしこまった印象があった。紺色のカーディガンに、中は襟付きシャツ、下はスラックスという姿だ。コートは車内なので脱いでいる。

車は神奈川方面へ向かって、順調に走り出した。高速道路は海沿いだから、窓からの風景も楽しめた。

一時間半ほど走ったあと、高速道路を下りて、車は街中へ入っていく。すっかり慣れたという様子で住宅街を走り……やがて一軒の家の前で停まった。

大きめの一軒家は平屋で、ごく普通の日本家屋の造りだ。赤い屋根の家屋は垣根に囲まれて、駐車場もついている。

一ヵ所空いていたスペースへ車を停めて、航大はわざわざ回り込んで助手席のドアを開けてくれる。

「お疲れ様、南帆」

労いの言葉と共に、航大は南帆に手を差し出した。ずっと運転していたのは航大なのに、気にした様子もない。

「ありがとう」

南帆は少し恐縮しつつも手を取って、車を出た。いよいよ航大の実家に着いたことで、緊張が少しずつ強くなる。

「ただいま」

家の前まで歩いていき、航大ががらりと玄関の引き戸を開けた。すぐに家の中から、ぱたぱたとスリッパの音がする。

「まぁ、航大。おかえり。遠いのにありがとう」

出てきたのは小柄な壮年の女性だった。

南帆はひと目で悟る。航大の母親だ。

うしろでまとめている髪は航大と同じ黒髪だし、よく似た顔立ちである。

厚手のセーターと、ベージュのロングスカートを着た彼女は笑みを浮かべていた。

表情まで航大とよく似ている。

「母さん、こちら、明井南帆さん。俺の彼女なんだ」

航大が丁寧に南帆を示す。

南帆は緊張しながら、スカートの前でバッグを持ち、丁寧に頭を下げた。

「はじめまして、明井南帆と申します」

自分でも名乗る。彼女の表情と様子を見ただけで、歓迎してもらえそうだと感じられたけれど、緊張は去らない。

「素敵なお嬢さんね！　来てくださってありがとう。航大の母です。さぁ、上がってください」

航大の母親は、南帆にやわらかな笑みを向けた。片手で中を示す。

「お邪魔いたします」

もう一度、頭を下げて、南帆は中へお邪魔する。航大が「客間はこっちなんだ」と案内してくれた。

客間は洋室で、テーブルを真ん中に、ソファと肘掛け椅子が二脚置いてあった。壁にはクラシックな棚があり、その上にトロフィーや賞状が飾られている。

航大がもらったものかもしれない、と目にした南帆は推察した。彼が両親から大切にされているのを、すでに感じられる。

ソファを勧められて、南帆はお礼を言って腰掛けた。隣に航大も座る。

「粗茶ですけど」

やがて母親がトレイを運んできた。

美しい模様のティーカップを、南帆の前に出す。

「ありがとうございます」

南帆は丁寧にお礼を言う。中身は紅茶のようで、かぐわしい香りがした。

「やぁ、いらっしゃい。遠いところをありがとう」

次に入ってきたのは、これまた壮年の男性だった。がっしりした体格で、黒髪には白髪が少しだけ混じっている。焦げ茶色のセーターに、チノパンを穿いたカジュアルなスタイルだ。

やや骨ばった頬の彼だが、穏やかな微笑を浮かべている。母親と同じく、南帆を好意的に迎えてくれると感じられた。

「はじめまして。明井南帆です」

南帆はソファから立ち上がり、もう一度、お辞儀と共に挨拶をした。

「こちらこそ、はじめまして。航大の父です。いつも航大がお世話になっています」

父親も軽く頭を下げて、丁寧な挨拶をくれる。

それで四人とも席に着いた。南帆たちが座った向かいの肘掛け椅子に、両親が腰掛ける。

「会うのは久しぶりだね。ずっとそうだとはいえ、年末年始に来られなくてすまなかったよ」

航大が話を切り出す。両親が相手なので、カジュアルな口調だった。

「仕事が忙しかったんだろう。今はどうなんだ？　上手くやっているか？」

父親もそれを受けて、近況などの何気ないことを聞く。航大はそのまま頷いた。

「うん。この間は台風が来て、少し大変だったけど……」

二週間近く前の話を航大が出した。母親がその話題に眉を寄せる。

「そうよ、あのときは心配したのよ。ね、お父さん」

「ああ、無事に帰ってこられてなによりだ」

航大と両親の話を、南帆は静かに聞いていた。その顔には自然と笑みが浮かぶ。

航大が身内と話すのを見るのは初めてだが、どう見てもいい関係だ。

両親は航大をとても大切にしているし、仕事についても応援しているようだ。

それに優しいひとたちだとも伝わってくる。こういう二人に育てられたから、航大がこれほど素敵な男性に成長したのだと、よく理解できた。

「それで、父さん。母さん。こちらの南帆さんと、去年から交際しているんだ。夏からの付き合いになる」

近況は数分で終わり、航大が改めて南帆を示した。南帆も軽く頭を下げる。

「はい。もう半年以上も、お世話になっています」

その南帆に、両親は嬉しそうな笑みを浮かべた。

「お世話に、なんて。航大のほうがお世話になっているんじゃないですか？　仕事が忙しい身なんですから」

母が苦笑して、そんなふうに言った。実に謙虚な言葉だ。

航大も同じように苦笑した。やはり母とそっくりな表情である。

「まぁ、その通りだ。南帆に甘えてしまうことも、結構あってね」

「そんなことないですよ」

南帆はやんわりと否定する。その場に優しく、穏やかな空気が漂った。

その後は南帆がどんな家族構成だとか、今はどんな仕事をしているかだとか、色々と聞かれた。

しかし根掘り葉掘りという聞き方ではなく、南帆は安心して話すことができる。

両親はとても節度があるひとたちのようだ。今日、会いに来てお話しできて良かった、と南帆は早くも噛みしめる。

話は弾み、やがてお昼時になった。そろそろおいとまするのかな、と南帆は想像したのだが、そうはならなかった。

「そろそろ昼時だな。南帆さん、お寿司はお好きかな？」

父親が壁掛け時計を見上げて言うので、南帆は驚いた。

この言い方では、どうも食事が出てくるようだ。

「あ、はい！」

慌てて返事をする。こうなるとは思わなかったから、恐縮してしまった。

「それは良かった。近所の寿司屋で取り寄せたんだが、お好きなら食べていってくれないか？」

もちろん想像通りになった。南帆は慌てたが、こうなれば辞退するほうが失礼だ。

航大も笑みを浮かべて南帆のほうを見た。

「父さん、ありがとう。南帆、うちでよく食べる店のものなんだ。海が近いだけあって、美味しいよ。ぜひ味わってほしい」

航大からも言われれば、南帆の答えなんてひとつしかない。

「で、では……甘えさせていただきます」

恐縮しつつもそう答える。

そして出てきたお寿司は明らかに上等で、また恐縮した南帆だった。

だけどどのお寿司もすべて、航大が言った通り、非常に新鮮で美味しかった。南帆は心から「美味しいです！」と笑みを浮かべたくらいだ。

そんなふうにランチを共にしたあと、午後はまた話をして、だいぶ盛り上がった。

おいとましたのは、すでに十四時も回った頃だった。

「またいらしてちょうだいね」

「ああ。気軽に来てくれ」

南帆と航大が家を出るとき、両親はそこまで言ってくれた。

好感を持ってくれたのが明らかで、南帆は心から安心したし、嬉しくなる。

「はい。よろしいのであれば、ぜひ」

そう答えて、家を出る。緊張したけれど、とても楽しい時間だった。

「南帆、今日は本当にありがとう」

駐車場で車に乗り込み、発進してから航大が改めて言った。南帆はもちろん笑顔を向ける。

「ううん、私こそ。楽しく過ごせたよ。またお礼をお伝えしてくれる?」

南帆の言葉に、前を見て運転する航大の横顔がほころんだ。

「わかった。そう言ってもらえて嬉しいな」

話すうちに、車は道を走っていくが、来たときとは違うルートだ。

どこかへ行くのかな、と思った南帆だったが、聞く前に航大が提案してきた。

「近くに海が綺麗に見える場所があるんだ。見ていかないか? 少し冷えるかもしれなくて、悪いけど……」

誘ってもらえて、南帆は嬉しくなった。二つ返事で頷く。

「ぜひ見てみたいな。今日はあったかいほうだし、東京では見られない景色だと思うから」

南帆のいい返事に、航大はまた笑顔になる。

「良かった。十分くらいで着くからな」

車は海辺のほうへ向かっていくようだ。

今日の楽しかった話をしていれば、航大の言った通り、十分少々で到着する。

防波堤の向こうに、青々とした美しい海が広がっているのが見えた。

車から降りると、ふわっと潮の香りが漂う。海辺で生まれたわけでもないのに、どこか懐かしさを感じさせる香りだ。

降りるときはまた航大が助手席のドアを開けてくれた。南帆はお礼を言って、その手を取る。そして外へ出て、顔を明るくしてしまった。

「すごい！　こんなにひらけて見えるの……！」

駐車場の真ん前からすでに、砂浜が望める。

その向こうには、どこまでも続くようにすら見える青い海が輝いていた。

二月の風はまだ冷たさが残るけれど、まったく気にならない。それどころか、澄んだ空気が海を余計に美しく見せているように感じられた。

都内では海を目にしても、コンクリートの防波堤で固められた場所がほとんどだ。これほど美しくて広々とした風景を見るのは、だいぶ久しぶり……そう、ハワイへの旅行ぶりかもしれない。

「もう少し近くで見ようか？」

「うん！」

航大から手を伸ばして誘われるので、南帆ははっきり笑みになって、改めてその手を取った。

「このへんがよく見られるんだ」

手を繋いで数分歩き、やがて航大が立ち止まって、言った。

砂浜に降りるのではなく、少し高さがある柵の張られたエリアだ。確かに水遊びをするのではなく、眺めるのなら、これくらい距離があったほうが綺麗に見える。

「すごくよく見える！　海の向こうまで見えそう！」

「はは、確かに。海はどこまでも続いてるんだもんなぁ」

柵の真ん前まで行った南帆は、身を乗り出しそうな気持ちで声を上げた。航大が楽しそうに笑う。

「ここの砂浜、夏は海水浴ができるんだ。シーズンにはお客さんがたくさん来て、賑わうよ」

航大の説明通り、このあたりは海水浴で人気の場所だ。もう少し気温が上がれば、観光客も増えるだろう。

「こんな綺麗なんだもんねぇ。夏に泳いだら気持ち良さそうだよね」

海に見入りながら、南帆は感嘆の声で同意した。夏の水遊びも楽しそうだ。

「南帆、寒くないか？」

その南帆を、航大が気遣うようにうかがった。けれど南帆は笑顔で首を振る。

「大丈夫。それに寒い今だから、ほかにお客さんもいなくて、こうして航大くんと二人きりで見られるんだもん。それもまたいいよ」

南帆にとっては本心だったが、航大は笑った。愛おしい、という表情になる。

「南帆はポジティブだな」

そう褒めてくれた。

こんな些細な言い方から、こうとらえてくれる航大のほうだってポジティブなのに、と南帆はちょっとくすぐったくなる。

「日本の海って、ハワイの海とは全然違う印象だけど、なんだか懐かしい感じがして、すごく好きだな」

もう一度、海を見つめて、南帆は改めて言った。

同じ海といっても、ハワイとは光景も、楽しみ方も、まったく違う。

でも南帆にとって、『懐かしい』と感じるのはこちらだ。日本に生まれ育ったからこその感覚だろう。

「わかるよ。人間は海から生まれたっていうもんな。日本で生まれたから、日本の海は懐かしく感じるんだろう」

航大も穏やかに同意した。

懐かしい、という感覚から、話題は自然と子どもだった頃のことになる。

航大が学生時代のことを色々と話してくれた。

部活に打ち込んだ話、楽しかった学校行事の話。

そして受験の頃、ちょうどこの二月に最後の追い込みで頑張ったという話……。

そのうちに、今日、航大の家で話したことについての話になった。

「父さんと母さんったら、南帆のことをずいぶん気に入ったみたいだ。あんなに明るい調子で色々聞いて……、聞きすぎてなかったか？」

苦笑交じりで気遣われて、南帆は笑った。航大を見上げて、軽く手を振る。

「そんなことないよ。私も楽しかった。興味を持っていただけて、嬉しかったよ」

これも本心だったけれど、航大の顔に浮かんだのは、少し切なげな微笑だった。

「ありがとう。……俺、長続きした交際がなかったって、前に話しただろ」

その顔で言われたことに、南帆はちょっとドキッとした。確かに、今となってはだいぶ前にビデオ通話で話したとき、航大はそう話してくれた。

「うん」

どう答えたものか、と思って、結局単なる相づちになってしまった。

航大はまたひとつ笑って、今度はきまり悪そうに言う。

「両親にも知られててさ……。それで安心してくれたのもあったみたいだ」

南帆は目を丸くした。航大の両親があれほど喜んでくれたのが、そういう理由だったなんて、思いもしなかった。自分が無邪気にあの場を楽しんだだけのように思えて、少し悔やむ。

「南帆みたいな素敵なひとに出会えて、こうしてそばにいてくれる仲になれたのを、幸せに思うのは俺本人だけじゃないんだな、って思えた。周りのひとも同じようにとらえてくれるんだなって。それはもっと素敵なことなんだって」

でも航大は南帆を見つめたまま、穏やかに話を続けた。しかも南帆の胸が高鳴ることを言うのだ。

「……航大くん」

南帆の心の中が、じわじわと熱くなる。

(私だって……同じだよ)

航大のような素敵なひとと、恋人同士になれたのも幸せだ。

そして姉や義兄、両親、友達……。

周囲の人々から受け入れてもらえるのも同じで、とても素敵なことなのだ。

「……そうだね。私、そんな『素敵』をたくさんくれる航大くんと一緒にいられて、幸せだな」

熱い胸のままに、一歩、航大に近付いた。

ことんと肩を預けて寄り添う。航大が軽く驚いたように、南帆を見た。

でもすぐにまとう空気が、ふっとやわらかくなる。手を持ち上げて、南帆の肩を抱いてくれた。

二月の少し冷たい空気の中で、航大の体温がコート越しにも感じられる。南帆の胸に、大きな安心感が溢れた。

「……あ」

そこで南帆の目に、あるものが映った。

広く、輝く海の上、抜けるような青い空に、すぅっと一本、線が走る。

ひこうき雲だ。

「ああ、今日は鮮明に見えるね。上空は湿度が高いのかもしれない」

航大もすぐ気付いて、目を細めてそちらを見上げた。

ひこうき雲ができたなら、もちろん飛行機が飛んでいるのだ。

目を凝らすと、一機の飛行機が、空の向こうへ飛んでいくのがかすかに見えた。もう南帆にとっても、近しいものに感じられる乗り物だ。

「ちょうど一昨日、あっちから帰ってきたんだ。ハワイの方角だね」

南帆の肩をもうひとつ、ぎゅっと抱いて、航大はそちらの方向……北太平洋のほうを指差す。

遠すぎてここからではなにも見えないけれど、この海と空が続く先には、確かに別の国がある。南帆と航大が正しく出会った国も、そこにあるのだ。

「空を見てると、航大くんを思い出すの」

ふと、南帆の口から素直な気持ちがこぼれていた。

航大が南帆のほうを見下ろす気配がした。

それに応えるように、南帆は視線を戻す。

飛行機を見ていたところから、航大の顔を見上げる。自然と笑みが浮かんだ。

「空の上でお仕事をしてる日が多いからかな。離れてても、航大くんは、この空のどこかにいるんだなぁって実感できる。だからずっと私の近くにいてくれるようにも思えるの。……変かもしれないけど」

軽い苦笑になった。

それにこんなことを言うのはくすぐったい。でも自然に出てきたのだ。

航大はただ、南帆の目を見つめていた。ちょっと目を見張り、意外だ、と思っていている表情のように南帆には映った。

だから余計にくすぐったくなって、もう一度、航大の肩に寄りかかろうとした。

だけどその前に航大が動く。南帆の肩を抱き、そっと離してきた。

南帆は疑問に思った。どうして今、離されてしまうのか。

航大は立つ位置を変え、南帆と向き合う姿勢になった。

その眼差しは先ほどと変わっている。瞳はやや硬く見えた。

南帆はこんな目で見つめられて、ますますわからなくなったけれど、航大が静かに口を開いた。

「これほど俺を想ってくれるひとは、ほかにいないよ」

噛みしめるように言われたその言葉だけで、南帆は察した。

どきんっと胸が跳ねる。ただ航大の真っ直ぐな瞳を見つめ返すしかなくなった。

航大はコートのポケットに手を入れた。そこからなにかが出てくる。

小さな箱だ。

深い青色のそれは、ベルベット素材に見えた。

その箱になにが入っているかなんて、ひとつである。

航大が青い箱を、大きな手のひらにのせた。

すっと南帆の前に差し出し、蓋を開ける。

もちろん南帆が思った通りのものが入っていた。

空からの明るい日差しを反射して、きらっと光ったのは、銀色。

プラチナのリングに、小さな青い石が嵌まっている。

「南帆。俺と結婚してください」

美しいリングを差し出して、航大は言い切った。

決意のこもった硬い表情だが、それ以上の愛おしさが、たっぷり伝わってくる。

「……航大、くん……」

驚きと感動が、南帆の胸を満たした。とっさに、名前しか呼べなかったくらいだ。

「南帆と一緒に過ごす日々は、いつでも素晴らしかった。ときには台風に巻き込まれたりして、大変なこともあった。でもそのときも不安はなかった。南帆が絶対に俺を信じてくれるとわかっていたから」

航大が静かに話していく。

南帆はただ、それを聞いた。感動から、とくとくと心地良く心拍が高まる。

酷い台風に巻き込まれたあのときも、航大は自分を信じてくれたのだ。

あの台風を乗り切れたのは、航大の心が強くて、パイロットとして有能だからという理由だけではない。

南帆への想いがそこへ加わったからこそ、不安が湧く余地もないほどの強い気持ちを持てたのだ。

それはつまり、自分は航大の力になれているどころではない。

航大にとって、唯一無二の存在になれている、と言っていいのだろう。

それなら……。

「そんな南帆に、これからもずっと一緒にいてほしいんだ。俺は南帆がいてくれるから、もっと強くなれる。そして俺をこれほど想ってくれる南帆を、俺もずっと愛していきたい」

静かな口調と声音だったのに、その中には溢れんばかりの情熱が詰まっていた。

南帆の心拍を高めるだけではなく、体中を火照らせるほどの、熱い想いだ。

「……私も、だよ」

緊張と照れは大きい。

でもためらわなかった。これもまた、南帆のくちびるから、すっと出てきた。

「私をこんなに愛して、大切にしてくれるのは航大くんしかいないよ。これからもずっと、一緒にいてくれるなら……一番の幸せ」

答えははっきりしていた。きっぱり言い切る。

航大と過ごした日々は、まだ一年も経っていない。けれど二人の結び付きを考えると、まったく短い時間ではない。それほど強い絆ができていたのだ。

そうであれば、きっと今が『そのとき』にふさわしい。

「ありがとう。……嵌めてみていいかな？」

南帆の返事に、航大は目元を緩ませた。優しい笑みが、ふわっと顔に広がる。

その顔で聞かれて、熱い感情が南帆の喉奥に込み上げた。有り余るほどの喜びだ。

航大が箱からリングを取り上げる。手を伸ばして、南帆の小さい手を、片手でそっと握った。

リングを丁寧な手付きで、南帆の薬指に通す。

サイズはぴったりだった。きつくも緩くもない。

二人の愛は、ここにしっくり嵌まるくらい確かなものだったのだと、示しているかのようだ。

南帆のすんなりした指の肌色に、本体の銀色も、石の青色も、よく馴染んだ。それも考慮して、きっと航大は選んでくれたのだろう。

「……とっても綺麗……」

南帆の喉に込み上げた熱い気持ちは、あまりに強く膨れた感動に、ついに溢れてしまう。ぽろっとひとつぶ、目じりから涙になってこぼれた。

あたたかな涙だった。喜びから生まれる涙がこれほどあたたかく、幸せな温度なのを、南帆は初めて知った。

「ああ。よく似合うよ」

航大も肯定してくれる。

そして指輪を通した南帆の手を、愛おしげにそっと包み込んだ。

「南帆を一生、愛すると誓う。俺の持つすべてをかけて」

やわらかな声で言われたのは、誓いの言葉だ。

そして航大なら、誓いを本当のことにしてくれるのだと、南帆はもう知っている。

だから逆の手で、あたたかな涙をそっと拭った。

「私こそ。私のすべてで、航大くんを愛するよ」

もう一度、返事を口に出す。南帆の表情は、花のこぼれるような笑顔になった。


三月に入って、ぽかぽかした日が増えてきた。

特に日差しがあたたかな休日の午後、南帆はソファに座ってスマホを手にしていた。

隣には航大が腰掛けて、一緒にくつろいでいる。

今日は南帆の家でデートだ。昼食を食べたあとに、ソファで過ごしていた。

南帆が部屋着にしているワンピース一枚でも寒くないほど、今日は気温が高い。

スウェット素材の花柄ワンピースは、最近航大とお泊まりのとき着ている、お気に入りだ。

隣の航大も、薄手のニットに幅広の茶色いズボンを合わせた、リラックススタイルをしている。

こうして家で二人の時間を過ごすのも、すっかり慣れた。

スマホを触っていた南帆は、文字を入力し終わり、送信ボタンをタップする。

『お姉ちゃん、久しぶり！　今度、航大くんと一緒に遊びに行きたいんだけど、どうかな？』

送り先は李帆だ。連絡を取るのも十日ほど間が空いていたから、挨拶のスタンプも一緒に押す。

航大と過ごしていて「李帆と悠吾に報告したい」という話になったので、予定を聞いてみた。『報告』とはもちろん、プロポーズのことだ。

三月中旬からは春の観光シーズンで、航大が忙しくなる。よってその前に予定を合わせられたら理想的だ。

「南帆、手土産にこれはどう？　俺が好きなケーキ屋のものなんだけど、李帆さんはこういうの、お好きかな？」

そのとき隣に座っていた航大から、自分のスマホを差し出される。画面には桃色を帯びた素敵な焼き菓子の写真が載っていた。

「綺麗だね！　うん、お姉ちゃん、桜のものが大好きだから喜ぶと思う！」

航大が提案したのは、桜のマドレーヌだ。塩漬けの桜の花びらが飾られている。

李帆は昔からピンク色が好きで、その繋がりなのか、桜が好きだ。

花だけでなく、お菓子や雑貨も好む。春になると色々と買っているのを南帆も知っていた。

その李帆に、このお菓子を手土産にしたら、季節感が溢れるという以外にも、きっと喜んでくれるだろう。

「じゃあこれにしようか？　日にちが確定したら、予約をしておくよ」

李帆が好きそうだと知って、航大も嬉しくなったらしい。笑顔でそう言った。

自分の身内をここまで大切にしてもらえて、南帆まで嬉しくなってしまう。

「いいの？　ありがとう！」

「もちろん。当日、取りに寄ろう」

南帆は笑顔でお礼を言った。航大も、にこにこした笑みをもっと濃くする。

「あ、返事来たよ！」

そのときスマホの通知が鳴った。李帆からだ。早い返事に、南帆の声が弾む。

『もちろんいいよ！　ちょうど悠吾が二人に会いたいって言ってたところだから、驚いたな』

でも返信の内容は少し意外だった。南帆は嬉しい驚きを覚える。

向こうからも、会いたいと言われるなんて。

それほど気にかけてもらっているのだ。

南帆が画面を見せると、航大も同じ気持ちになったらしい。ほわっとあたたかな笑みを浮かべた。

『本当に？　嬉しい！　悠吾さんにもお礼を言っておいてね』

『わかった。それでいつがいい？　来週か再来週なら、土日のどっちかは、私と悠吾の二人とも空けられるんだけど……』

南帆が送った素直な返信には、楽しげなスタンプ付きで、いい返事がある。

南帆はもう一度画面を見せて、航大に聞いた。

「来週か再来週だって。航大くんの都合はどう？」

航大は体を寄せて、メッセージを読む。南帆の質問に数秒だけ考えて、答えた。

「それだと再来週の土曜日はどうかな？　日曜からは仕事があるけど、金曜日と土曜日は休みなんだ」

「わかった！　私の予定も大丈夫だし、それで聞いてみるね」

南帆はいそいそと返事を入力し始める。

ひとつのソファに寄り添って座るのも、二人で遊びに行く計画を立てるのも、今ではもう日常と言える出来事だ。

それでも事あるごとに噛みしめてしまう。

こういう日常を何気なく過ごせるのが一番幸せだし、そしてこんな日常がこれからも……一生、続いていくのが、さらに幸せなことなのだ、と。

「少し緊張するな」

やり取りしていたメッセージも一段落したあと、航大が南帆に腕を伸ばして、そっと肩を抱いてきた。その指には、きらっと輝く小さな指輪がある。

でも言われた内容に、南帆はくすっと笑ってしまった。

手を持ち上げて、航大の腕に触れた。南帆の指にも、あのときもらった指輪が嵌まっている。航大も「ペアで欲しい」と言ってくれたためにお揃いになった指輪は、さらに強い結び付きを感じさせた。

「緊張なんて。航大くんなら大丈夫なのに」

笑みになったのは、その通り、航大なら絶対大丈夫だとわかっているからだ。いつも堂々としていて、嵐の中ですら不安にならないくらい、メンタルも強い航大なのに。

挨拶に『緊張する』のは少し微笑ましい、なんて思ってしまう。

「それでも、だよ。なにしろ南帆のお身内なんだから。『南帆をください』って言うのに、緊張しないわけないだろ」

南帆に笑われて、航大は苦笑した。わざとだろうが、軽く拗ねるように言うものだから、南帆はもっと幸せな笑みになる。

「それはそうだけど」

強く抱かれて、照れ隠しのようにちょっともがきながら、南帆は答えた。航大の立場や気持ちは確かにわかる。

その南帆をもっとしっかり捕まえて、航大は口調を変えた。

「南帆のお身内に許可をもらえたら、これから俺も南帆の身内になれるんだ。なによりも嬉しいことだな」

ここまでの、軽くふざけ合うやり取りとは少し違った、真剣さが詰まった喜びの言葉だ。南帆の胸は、とくんと跳ねる。

航大にプロポーズされて、指輪ももらった。

あとは両家に挨拶すれば、正式に婚約が成立するのだ。

身内になれる。恋人同士のときより、さらに強い絆で結ばれるだろう。

「私もだよ」

ふざける口調はおしまいにして、南帆はそっと、航大に体重を預けた。軽く寄りかかる。航大も南帆の肩に腕を回し、やわらかく抱いてくれた。

「だからね、航大くんは緊張するかもしれないけど、楽しみなの」

触れた部分から伝わる優しい体温に安心しながら、南帆は口を開いた。

航大は南帆を抱きながら、静かに聞いてくれる。

「お姉ちゃんたちなら絶対に祝福してくれるんだし、ほら、航大くんがプロポーズのとき、言ってくれたでしょ。『周りのひとたちに肯定してもらえたら、もっと幸せだ』って。あれが実現するんだもの」

プロポーズの日、海を見ながら航大はそう話した。

南帆も同意だと思った気持ちだ。

「……その通りだ。それなら、式には知っている限りのひとを全員、呼ばないといけないな」

南帆の言葉に、航大はくすっと笑った。南帆の肩をぎゅっと抱き、さらに引き寄せてくる。

「本当だね」

茶化すのと、本気が両方入った提案に、南帆は笑った。幸せいっぱいの笑みがこぼれる。

結婚式の計画も、実際に立て始めている。まだ着手したばかりだが、きっと素敵な式を作れるだろう、と今から確信している。

だから李帆たちへの報告は、その一歩だ。

その日が素敵な日になるのは、これまた今からすでに、確信していることだった。


「お姉ちゃん！　お待たせ」

約束した日の当日、午前十時。

待ち合わせた李帆たちのマンション前で、航大の車の助手席から降りた南帆は、勢い良く手を振った。

「南帆！　元気そうで良かった。わぁ、そのコート、かわいいね！」

南帆の姿を見るなり、李帆は明るい顔で南帆の格好を褒めてくれた。

「ありがとう！　ひと目で気に入っちゃって買ったの」

今日の服は、ベージュのスプリングコートに、あんず色の膝丈スカートだ。

スプリングコートはレース飾りと、前で結ぶ形のリボンベルトがかわいらしい。

褒めてもらえて、これからもっとお気に入りになる気がした。

もうすっかり春模様になって、空気もぬるんだ。

外の微風は心地良い。春の服もこれからたくさん楽しめる頃だ。

「久しぶり、南帆ちゃん」

李帆のあとから悠吾も歩いてくる。眼鏡の奥の目元をにこにこと笑みにして、挨拶してきた。

「お久しぶりです！　今日はありがとうございます」

彼に対しても南帆は声が弾んだ。ぺこっとお辞儀をする。

悠吾は軽めのジャケットと細いジーンズのカジュアルな格好、李帆はレザージャケットにピンク色のワイドパンツを合わせている。二人の服からも、もう新しい季節が始まるのだと南帆は実感した。

「さ、ひとまず乗ってください！　お話は出発してからにしましょう」

航大は運転席で待機しているので、南帆が後部座席ドアを開けた。

二人をうながす。

「そうだね。じゃ、お邪魔します」

李帆が丁寧に挨拶し、先に乗り込んだ。悠吾もそれに続く。

その間に南帆は助手席へ座る。外へ出る間、シートに置いていた手土産の紙袋を、ハンドバッグと共に膝にのせた。

中身は予定した通りの、桜の焼き菓子だ。

帰り際にでも李帆に渡そうと思っている。

「航大、久しぶり。元気だったか？」

それぞれシートベルトを着けたり、荷物を置いたりして、出発の支度を整えるうちに、悠吾が航大に声をかけた。

「ああ。ずっと好調だよ。悠吾のほうは？」

運転席でハンドルに手をかけていた航大が、そちらを振り向いて笑みを浮かべる。

今日は航大ももちろん私服だ。茶色チェックの細いパンツとニットソーに、ダークブラウンのトレンチコートを合わせたスタイルだ。クラシカルな服装も、彼によく似合っている。

「俺も順調だよ。航大の車は久しぶりだな。買い替えた？」

席に収まった悠吾が、中を見回して言った。車について聞いている。

航大の乗る海外製の車は、南帆が初めて乗せてもらったときから変わっていない。

けれど悠吾はその前に乗っていた車も知っているようだ。

「もう一年近くは経つよ。そのくらい、日本で会ってなかったんだな」

運転席の航大は、しみじみとした声音で回答した。

「そっか。じゃ、こうしてゆっくり会えて良かったよ」

悠吾がにこやかに答え、そして支度も整ったので、車は発進した。街中へ向かって走り出す。

「初めて行くところだから、楽しみだ」

カーナビが案内をアナウンスするのに従って車を走らせる航大が、今日の行き先について口に出した。

その通り、今日は航大も南帆も初めて行く場所が目的地だ。

それには悠吾が自信ありげに話す。

「俺と李帆は去年行ったから、場所は大丈夫だよ。近くなったら教えるから」

「頼む」

目的地は悠吾と李帆のおすすめである。悠吾のあまりに堂々とした言葉に、航大は軽く笑いながら、答えていた。

最初は李帆たちの家にお邪魔する予定だったのだが、悠吾の提案で外出になった。南帆も航大も楽しそうだと思ったので、今日は四人でお出掛けだ。

助手席の南帆は、そのやり取りを見て微笑ましくなる。

友人といるときの航大の姿を見られるのは珍しい。

悠吾は特に、高校時代からの付き合いだけあって、もう十年以上は友達同士だ。砕けた様子にもなる。

自分に接するのとも、仕事モードのときとも違う航大の様子は新鮮だった。

でも相手を尊重し、丁寧に扱っているのは変わらない。

まだ四人で車に乗り込んで数分だというのに、その気持ちはしっかり南帆に伝わってきた。

「それにしても、四人で会うのがお出掛けになるとは思わなかったな。でも、すごくいいかも」

少し話が途切れたとき、悠吾の隣の李帆が言った。うきうきした様子である。

「そうだね！　悠吾さん、素敵な提案をありがとう」

南帆も心からそう思っていたから、そのまま言った。

南帆にとっては身内である二人と一緒に、さらに航大まで共にして外出というのは初めてだが、楽しい日になる予感がある。

「どういたしまして。南帆ちゃんと航大が付き合ってから、ずっとダブルデートできたらいいな、って思ってたからさ」

南帆のお礼に、悠吾はいつもそうするような、軽くふざける言い方をした。南帆がちょっと照れてしまう表現だ。

「ダブルデートか。そういうことになるな」

照れた南帆とは逆に、隣の航大は堂々と肯定した。

「もう、航大さんまで」

李帆が苦笑し、でも楽しそうに笑う。南帆はさらにくすぐったくなった。

楽しく話しているうちに、目的地が近付いてきた。

今日の目的地は大型の自然公園だ。少し早めのお花見である。

遠くはないが、駅からのアクセスはあまり良くない。なのでこういう機会ができてちょうど良かった。

「チケットもちゃんと買ってあるから。車に乗せてもらったし、チケット代は俺たちが出すよ」

航大が車を駐車場に乗り入れるうちに、悠吾が準備のいいことを言った。

確かに入場料が必要な施設だ。悠吾たちの気遣いに南帆は驚き、感じ入った。

「え、いいんですか？　ありがとうございます！」

お礼を言った南帆に続いて、航大も同じことを言う。

「悪いな。でもありがとう」

二人のお礼に、悠吾の隣に座る李帆がにこにこと言った。

「いえいえ。この時期はチケット売り場も並ぶからね。すぐ入れるよ」

姉と義兄は用意周到のようだ。二人の優しさに、南帆の胸は熱くなった。

「よし、ここでいいな。みんな、気を付けて降りてくれ」

駐車場の空きスペースに車を停めて、航大がみんなに声をかけた。

しかし航大はいつものように、さっさと降りたあと、助手席の南帆に手を差し出す。

それを見た悠吾と李帆は驚いていた。

「航大ったら、紳士だなぁ！」

ひゅう、とでも言いたげな顔で言われ、南帆ははっきり照れてしまう。

なのに航大は気にした様子もない。

「当たり前だろう。なにより大事な南帆なんだ。紳士でいたいさ」

照れる南帆の手を引き、車から降ろしながら、航大はさらりと答える。悠吾がさらに感じ入った顔になった。

「はぁー、航大がここまで……。俺も友人として嬉しいし、誇らしいよ」

「なんで悠吾が誇らしいのよ」

やはり悠吾が彼らしい言い方をするので、李帆が苦笑しながらつっこみを入れた。

その場には笑いが溢れてしまう。

「さ、行こう」

車に鍵をかけ、航大は改めて南帆の手を取る。

姉夫婦の前でこう扱われるのは気恥ずかしいけれど、それ以上に嬉しい。

南帆ははにかみながらも「うん」と握り返した。

「ふふ、仲睦まじくてなにより。入り口はあっちだよ」

李帆が幸せそうに笑い、一方を指差す。

その優しい笑い方に、南帆は思い知った。

自分と航大が『周囲のひとに祝福されたら幸せ』と思ったのは、本当のことになるのだ、と。

李帆と悠吾が先に立って、四人が向かった先には美しいピンク色が広がっていた。

「これはすごい！　学校や街中の桜並木でもない限り、なかなか見られないよな」

航大が感嘆した声で頭上を見回した。南帆と手を繋いで歩く航大は、歩幅も南帆に合わせてくれている。

「本当にね。今年はまだお花見もしてなかったし、今日、見られて良かったよ」

南帆も頭上の花を見ながら、同じ気持ちを味わう。

自然公園は現在、桜が見ごろの時期だ。満開には少し早いけれど、そのぶん咲いて間もない、初々しさがある花を観賞できる。

「綺麗だろう。去年、李帆と来たんだ。李帆が桜を好きだからさ、ここがいいって見つけてきて……」

前を歩く悠吾が南帆たちを振り返って、にこっと笑う。悠吾の隣を歩く李帆も同意した。

「そうそう。あの頃は悠吾との結婚直前だったね」

李帆は懐かしそうに話した。

二人の結婚式は四月だったから、本当に、ほぼ丸一年前である。

「まだ一年前か。あれから結婚式に引っ越しに、って色々ありすぎて、もっと時間が流れたように感じるな」

それを受けて、悠吾がしみじみと言った。

この感覚は、きっとこの場にいた全員が持っていたものだろう。

色々あった。

李帆と悠吾にも。

そして南帆と航大にも。

正式に知り合い、一年かけて関係を構築していった南帆と航大だが、李帆と悠吾は別の意味で仲を深める一年だっただろう。

なにしろ新婚だ。

式と引っ越し以外にも、夫婦としての関係を作るために、まだ南帆たちが知らない苦労も多かったはずだ。結婚したら、楽しいことばかりではないのだから。

でも先に立つ悠吾と李帆がいてくれて本当に良かった、と南帆は思う。

二人のおかげで航大と今、隣にいる仲になれただけでなく、付き合うまでの過程でもたくさんお世話になったから。

「そうだね。でも私は今年も悠吾と一緒に桜を見られて、幸せだよ」

ふと、李帆が悠吾のほうを見た。ふわっと笑い、そんなふうに言う。

悠吾は照れたようだった。頭に手をやり、くすぐったそうになる。

「そ、そうだな。素敵なことだ」

夫婦の優しい空気が漂うやり取りに、南帆と航大はつい顔を見合わせた。

数秒で二人とも、ふっと笑みになる。

(こういう夫婦、憧れるな)

二人の空気を壊さないように、南帆は小声で言う。

(ああ。俺と南帆もこんなふうになりたい)

航大も同じように思ったらしい。潜めた声で返してくれた。

同じ気持ちを抱けることに、南帆の胸は心地良く熱を持つ。

航大の手を握る手に、きゅっと力を込めていた。

航大も南帆をちょっと見下ろして、同じ力加減で握り返してくる。

七分咲きの桜の下を、四人で歩く。

今、咲いている桜のように、南帆と航大の恋はまだ満開ではないのかもしれない。

けれど満開になる季節は必ずやってくる。

ピンク色の花をいっぱいに開かせ、咲き誇る季節が必ず来る。

そしてそのタイミングはもう目の前だ。

美しい桜並木は南帆にそんな感覚を抱かせる。この素敵な道はどこまでも続くように感じてしまった。


桜並木をゆっくりと見て回ったあと、四人はレストランに入る。

木組みの壁と、高い天井の店内は、山小屋のような趣があった。テーブルや椅子も木造だ。飾られたドライフラワーが優しく店内を彩っている。

それに通されたのは、窓から園内が一望できる席だった。ロケーションもいい。

素敵な店でランチの時間になったが、南帆はそわそわしていた。

なぜならランチのあとに、例の話をすることになっていたからだ。航大と事前に決めていた。

よって食べる間も、どこか浮付いたような気持ちだった。

メニューは洋食で、昔ながらの作りと盛り付けの料理だ。ほかほかのオムライス、ハンバーグ、ドリアなどをみんなそれぞれ味わった。

その間、李帆たちはこんな報告があるとはまったく知らないから、のんびりとしていた。でもそれだけに南帆の緊張は高まってしまう。

ランチの美味しさ、窓から見える美しい桜、そしてこのあとの報告。

南帆の胸は素敵なものでいっぱいになり、すでに溢れそうなほどだった。

やがて食事も終わり、お茶が出された。

コーヒーや紅茶がテーブルに並ぶ。どれも熱々で、湯気を上げていた。

「すごく美味しかったね」

「ああ。去年と違う店だけど、ここも良かったな」

隣同士で座った李帆と悠吾が、飲み物にミルクや砂糖を入れながら言い合う。

何気ない調子で話していたが、さらりと『去年の話』が出てくるのだ。二人が過ごした時間の経過を感じて、南帆は胸があたたかくなった。

やがてタイミングが良さそうだと思った南帆は、隣の航大をちらっと見た。

航大もどうやらそう感じたようで、南帆にやわらかな笑みを向ける。

視線がかち合い、意思は通じ合った。

航大は手にしていたティーカップをソーサーに戻す。李帆と悠吾に視線を向けて、口を開いた。

「実は、二人に聞いてほしいことがある」

航大が改まって切り出したからか、二人は不思議そうにした。

「なんだ、改まって」

悠吾がその通りのことを言う。

その二人に向かって、航大は落ち着いた微笑で報告を切り出した。

「先日、南帆にプロポーズしたんだ」

静かに言われたことに、この中で一番心臓が跳ねたのは南帆だっただろう。

こういう話をしにきたのに、直面すれば、本当に航大にプロポーズされたのだと実感が迫ってくる。

「まぁ……！」

幸せな気持ちと、照れくささ、それから喜び……。

たくさんの感情に、胸の中は心地良く騒いだ。頬に熱ものぼってくる。

まず目を丸くし、顔を輝かせたのは李帆だった。隣の悠吾も目を真ん丸にする。

二人にとっては、思いがけない報告だ。

いくら交際と、それが順調であることを知っていても、驚くだろう。

「本当か！　それはつまり……」

次に悠吾が先をうながすように言った。表情が驚きから、感動に変わっていく。

「うん。南帆にも了承をもらった。結婚することになったんだ」

それを受け、航大が微笑で言い切る口調は、決意と幸せに溢れていた。

はっきり言われて、南帆は照れてしまう。心臓のドキドキはまったく収まらない。

「おめでとう、南帆、航大さん……！」

李帆が噛みしめるように、口に出した。驚きと感嘆が両方ある表情の中、南帆とよく似た瞳は、潤みそうになっている。

「ありがとう、お姉ちゃん」

南帆にもそれが移ったように、目の奥が熱くなってくる。李帆の感じてくれた喜びが、そのまま流れ込んできた。

「ああ……ああ！　なんてめでたいんだ！　良かった！　本当に良かった……！」

李帆の隣の悠吾はもっと顕著だった。

何度も頷き、感嘆の言葉を繰り返して、ついには眼鏡を外した。目元を押さえる。

「お、おい悠吾。落ち着けよ」

航大のほうが軽く動揺し、苦笑するほどだった。

でもそれほど強く感動してもらえたことに、南帆は嬉しくてたまらなくなる。

受け入れてくれるどころではない。こんなに祝福してもらえるなんて。

「それで式は⁉ いつ、どこで⁉ 絶対に呼んでくれるよな⁉」

そこで眼鏡を外した悠吾が、ぱっと顔を上げた。目は潤んでいるが、表情はきらきらしていた。

感情が素直に出る彼らしい表情は、南帆の胸を強く打った。

だが内容は先走りすぎている、かつ、少々ずれていた。隣で李帆が苦笑して軽く肩を叩いた。

「落ち着いて、悠吾。私たちは身内なんだよ。呼ぶもなにもないよ？」

李帆のほうがずっと冷静であった。笑いを含みながら説明するので、悠吾はハッとした顔になった。

「そ、そうだった。……ってことは南帆ちゃんに加えて、航大まで俺の身内に⁉」

それでさらに気付きを得た顔をするものだから、悠吾の反応と、一連のやり取りはその場にあたたかな笑いを生んだ。幸せいっぱいの笑顔や声が溢れる。

その後、南帆は改まって座り直し、李帆と悠吾に頭を下げた。

「ありがとうございます、悠吾さん、お姉ちゃん。本当に、お二人のおかげで、ここまで来られたんです」

心からの気持ちで感謝とお礼を言う。

李帆のほうが、かえって慌てていた。

「もう、南帆と航大さんが真面目に頑張ったからって、前も言ったじゃない。南帆は謙虚なんだから」

そんなふうに言ってくれる李帆だって謙虚だと南帆は思うけれど、そう思うあたりがやはり姉妹なのかもしれなかった。

「そこが南帆ちゃんのいいところだよ」

少し落ち着いて、眼鏡をかけ直した悠吾が、そう言ってくれる。

そこからは、プロポーズの経緯についての話になった。

航大が少し照れくさそうに話す。

「南帆とはまだ付き合って一年も経たないのに、早すぎるかなとは思ったんだけど、もう確信できたんだ。俺には南帆しかいないって。南帆以外に、俺のそばにいてほしいひとはいないって」

照れつつも、はっきり言ってくれた航大に、南帆の胸は再び熱くなる。

自分に向けて言ってくれるのとは違う喜びが、胸の奥から湧いてきた。

本当に、彼の心からの言葉なのだ。

わかっていたことすら実感させられて、感動してしまう。

「私も同じなの。航大くん以外に、一緒にいたいひとはほかにいないって思う」

だからはにかんでしまったが、言った。

せっかくの機会なのだ。姉夫婦に、自分たちの気持ちや決意を知ってほしい。

南帆からもそう話したことで、李帆と悠吾はさらに感動したようだった。瞳の輝きが強くなる。

航大もそれを感じ取ったらしく、南帆のほうを見て微笑した。

改めて李帆たちに向き合い、きっぱりと言う。

「南帆もこう言ってくれるなら、一刻も早く、捕まえておかないといけないって思ったんだ」

プロポーズは航大からだったけれど、結婚を決めた気持ちは二人とも同じだ。

それがさらに嬉しいことだと南帆は思う。

航大が経緯の説明を締めるように言った言葉には、悠吾が深く、何度も頷いた。

「うん！　交際の年月なんて関係ないよ！　航大がそう感じて、南帆ちゃんもそう思うんなら、今が一番いいタイミングなんだ！」

力強く肯定されて、南帆はもう、何度目になるかもわからない胸の熱を感じた。

「ありがとうございます」

だから心からお礼を言った。深く頭を下げる。

「今度、南帆と李帆さんの親御さんにもご挨拶に行かせてほしい。南帆から改めて、親御さんにご都合を聞いてもらうつもりだけど……」

最後に航大が、この次のプロセスを口に出した。李帆は穏やかに微笑む。

「ありがとう。お父さんとお母さんも大喜びすると思うな」

やわらかに笑って、そう言ってくれた李帆の言葉はきっと本当になる。

ちょっと口うるさいところもある母だけど、それだけ南帆を大切にしているのだ。喜んでくれないはずがない。もちろん父も同じだ。

だから両親への挨拶も素敵な時間になる。そう確信できた。

李帆と悠吾からの強い肯定とお祝いの反応は、南帆に大きな安心をもたらした。

第八章　ウエディングはハワイの空の下で

三月が終わり、四月に入った。桜も満開に咲き誇る季節だ。

ある日の仕事後、南帆は閉店してがらんとした店内で、レースやリボンといったハンドメイド素材をあれこれ手に取っていた。

レースはコットン素材の素朴な風合いのものを考えていたけれど、細工を施したチュールのレースもかわいらしい。見ているだけで目移りしてしまった。

目移りするのはほかの素材も同じだった。リボンもそのひとつだ。

色はすでに決めていた。自分の好きな黄色だ。

だけどリボンにも、素材や太さ、色合いなどが色々とある。ひとつの素材で印象が大きく左右されるのだから、慎重に、一番気に入るものを選びたいものだ。

でも南帆の職場はなにしろ手芸用品店。

大型店舗なのだし、ハンドメイドの素材ならバリエーション豊かに揃っている。

もちろん社員割引が利くから、材料を選ぶのには大変助かる。

「南帆さん？　まだ帰ってなかったの？」

そこへ声がかかった。

南帆がリボンを手に取っていた姿勢から振り返ると、事務所へ続く扉から、澄子が出てきたところだ。もう退勤するらしく、帰り支度を整えた格好である。

「あ、澄子先輩。ちょっと作りたいものがあるので、材料を見てみたいなと……」

南帆は微笑して、澄子に答えた。澄子も笑みを浮かべて、こちらへ近付いてくる。

「もしかしてお式に使うもの？」

隣まで来た澄子は、南帆が見ていたものを目にしただけで、言い当ててきた。

正解を言われてちょっとくすぐったくなった南帆だが、素直に頷いた。

「はい。そろそろ作り始めたいなって……」

職場でずっとお世話になっている澄子は、南帆が元カレに捨てられたとき、自分のことのように怒ってくれた。その後、航大と付き合うことになったときは、とても喜んでくれた。

今回も同じだ。南帆が結婚について職場で報告したとき、大いに喜んで、「お祝い会を開こうよ！」なんて言ってくれたほどである。

身内以外にもこうして祝福してもらえるなんて、幸せなことだ。

「アイテムを自作したら、余計に素敵なお式になるよね。なにを作るつもり？」

澄子は優しい目で聞いてくれる。南帆もあたたかな気持ちで計画を話した。

「今、素材を見てたのはウェルカムドールです。お姉ちゃんのときに作ったんですけど、その子たちと対になるようにしたいなと思ってます」

李帆の式のときに作ったウェルカムドールは、二体のクマのぬいぐるみだ。

白いウエディングドレス姿の李帆と、タキシード姿の悠吾をかたどっている。

どちらもとてもかわいくできたし、李帆たちは、今も新居にその子たちを飾ってくれている。

そのぬいぐるみたちと対にしたいので、素体の素材はすぐに決まった。前回、使ったものと同じファーや布で作れるだろう。

問題は着せる服やアクセサリーだ。

ウエディングドレスにすると、李帆のものと差異をつけるのが少し難しい。新郎のクマも同様だ。

なので南帆は別の案を考えた。

今、黄色いリボンを手に取っていたように、黄色ベースのドレスに決めたのだ。

これはお色直しのときに南帆自身が着ようと思っているドレスの色だ。デザインも、候補に挙げているドレスに寄せるつもりである。

そして新郎のクマも同じく、別の案で考えている。

タキシード姿ではなく、航大の普段着ている制服を元にするつもりだ。

すなわち、パイロットの制服姿である。

ウエディングドレスとタキシードというのも素敵だ。

でも黄色のドレスの新婦と、パイロット姿の新郎のクマは、より『自分たちらしい』ウェルカムドールになると思ったのだ。

「……なるほど。オリジナリティが感じられるし、素敵だね」

南帆の計画を澄子はにこにこ聞いて、褒めてくれる。南帆の胸は弾んだ。

「はい！　なのでこだわって仕上げたいと思うんです」

返事は無邪気になってしまった。でも幸せはそのまま表に出したほうがいいのだ。

「お式はハワイなんだよね。パスポート持ってないから、いつ取ろうかなって思ってるんだけど、どうかな？」

話はそのまま式のことになった。会場への行き方が気になったらしく、そう質問される。式には職場のひとたちも何人か招いたし、もちろん澄子も招待している。

澄子の言った通り、式はハワイで挙げる予定だった。

航大と話し合ったが、ほとんど考える余地もなく、決めた。

だって二人を結び付けてくれた地だ。そこで式を挙げられるなら、なにより素晴らしいことだから。

「まだ先でもいいと思いますよ。パスポート自体は一週間くらいでできますから」

「そっか、初めての海外だから楽しみだな」

「ご足労かけちゃいますけど、嬉しいです」

南帆はパスポートの取り方、期限、それから海外旅行に必要なほかの申請などについて軽く話した。澄子も笑顔で興味深げに聞いてくれる。

ハワイなんて遠方まで来させてしまうのに、楽しみだと言ってもらえる。南帆がまた嬉しくなってしまう言葉である。

「じゃ、私もなにか手作りしようかな。南帆さんほど上手くはないけど、少しでも華を添えられるように……」

そこで澄子がふと言ったことに、南帆は驚いた。澄子は自分でもレースの束を手にして、楽しそうな顔をしている。

「え！　いいんですか？」

思わずそちらを見てしまった南帆だが、返ってきたのは優しい笑みだった。

「もちろん。かわいい後輩の結婚なんだもん。こういう職場なんだから、活かさないとね」

慈しむような表情で言われて、南帆の胸はすでに熱くなった。

今回、式のアイテムは自分で作るつもりだったのに、どうやらそれでは終わらなそうだ。

でも自分が李帆の式に、李帆と悠吾を想って、ウェルカムドールとウェルカムボードを手作りしたように。

誰かの想いが乗せられたアイテムが加われば、幸せは倍に、もっとたくさんに増えて感じられるだろう。


飛行機の旅を終え、降り立ったハワイは快晴だった。日本では初秋なのに、太陽は眩しく照っている。

(いつ来ても夏みたいな空は、いつでも私たちを歓迎してくれてるように感じるな)

麦わら帽子とひまわり柄のワンピースを身に着けた南帆は、空港の廊下の窓から空を見上げながら、なんだか懐かしさに似た感覚も抱いた。

ハワイという場所はもう三回目だ。

一度目は李帆の結婚式。

そのときは一年半ほどあとに、こうして自分の式で訪れることになるとは思いもしなかった。

二度目は航大と行った旅行。

とても楽しい旅だった。二人が正式に出会えた場所で、二人きりの素敵な旅ができたあの時間は、今でも大切な想い出の一ページになっている。

「南帆、荷物を取りに行こう」

うしろから航大が声をかけてきた。青の開襟シャツに麻のパンツ姿の航大は、南帆の肩を優しく手で包む。

今回は航大も一緒に搭乗して渡航したのだ。結婚式という目的なのだから、パイロットとして働くのは、数日間お休みである。

「うん！　行こうか」

南帆は振り返り、航大に笑いかける。会場であるハワイに着いたばかりなのに、すでに幸せな気持ちでいっぱいだ。

これから手荷物受取所へ向かう。式に使う小道具類は事前にホテルへ送ったが、旅行に必要なものはみんなそれぞれ、スーツケースなどに詰めて、貨物室に載せてもらってきた。

「受け取りはあっちだったかしら？」

さらにうしろからは、母が声をかけてくる。アイボリーの半袖ワンピースを着て、すでにリゾートムードの母は、笑顔で上機嫌といった様子だ。

今回は両親や親族と一緒にやってきた。もちろん李帆と悠吾も同行している。

みんなで乗る飛行機は、七時間近く過ごしたこともあり、楽しい時間だった。

「はい、お義母さん。案内しますよ」

母の質問には航大が答え、すっと一方を示した。母はそちらを見て頷く。

「ありがとう。やっぱり慣れていらっしゃるのね。頼もしいわ」

航大のスマートさに感心と嬉しさを覚えたのが、はっきり表情に出ていた。母の反応に、南帆まで嬉しくなる。

航大と共に、実家で挨拶をしたのは、すでに半年前になる。

四月のことであった。李帆たちと桜を見に行った日から、数週間後だ。

両親も李帆たちの式のときに航大の姿を見ていたし、それに交際を始めてしばらくした頃、南帆から紹介もしていた。

そのときから母は航大に好印象を持ったようだし、それ以来ずっと、好意的に接してくれている。

これから両親にとっては、義理の息子になる航大をこう扱ってもらえて、南帆は安心と喜びを感じていた。

そんな航大は迷うことなく荷物の受け取り口に着き、自分のスーツケースを取り上げて、そのあと当然のように南帆のぶんも取ってくれた。母が感心した表情で笑う。

「まぁまぁ、ジェントルマンね。南帆にはもったいないくらい」

口元に手を当てて笑う母は、本当に上機嫌である。

横から自分のスーツケースを取り上げた李帆が、その言葉を肯定して、さらに補足した。

「航大さんは前からそうだよ。本当に素敵な方だよね」

李帆の説明を聞いた母は、もっと笑みを濃くした。

「あら、そうなの！　南帆のことも安心して任せられるわ。ね、お父さん」

そう言って父を振り返る。荷物を手にしていた父も、深く頷いた。南帆とよく似た目元を緩ませる。

「ああ。頼もしいよ」

両親から、そして李帆からの評価に、南帆の心は弾んでしまう。二人の仲を受け入れられるだけではなく、素敵なひとだと言ってもらえるのは、さらに幸せだ。

「お母さん、そっちを持つよ」

大きい荷物を航大に持ってもらったので、代わりに母の荷物のひとつを南帆が持った。母がまた嬉しそうに頬を緩ませたのは言うまでもない。

「さぁ、行きましょう。タクシー乗り場はあちらです」

自分のぶんと南帆のぶん、二つのスーツケースを両手で引いているにもかかわらず、航大は手間取る様子も見せない。

出口のほうに視線をやり、先に立って歩き出した。

航大を先頭に、みんなついていく形になる。

外へ出ると、窓から見たときよりも眩しい日差しが目に飛び込んできた。

南帆は麦わら帽子を傾けて、目を細める。

滞在は今日から数日であるが、きっと素晴らしい日になる。

ハワイの明るい空気が、そう教えてくれるようだった。


ホテルに到着してからは、式場の確認、設備などのチェック、事前に送っていた荷物を開ける……などの作業で時間が過ぎていった。

李帆の結婚式で使ったのとはまた別のホテルだ。

現代的な造りと雰囲気の大型高級ホテルで、建物は洗練された白色をベースとしている。客室部分は二十階以上もある高層だ。

航大が「泊まったことがあって、いいところだよ」と薦めてくれて決めた場所とはいえ、南帆たちが来るのは初めてである。南帆は丁寧に、隅々までチェックした。

支度が整ったその夜は、親族でディナーだ。それぞれ、セミフォーマルのスタイルでレストランに集まった。

少しあとの飛行機で着いた航大の両親とも合流する。

二人とも、二月のあの日に航大に連れられた南帆が、初めて挨拶したときと変わらない様子だった。にこやかに挨拶してくれる。

航大は一人っ子だが、祖父母や親戚が参列のためにやってきていた。南帆は初めて会うひとたちだったので、ちょっと緊張しながら挨拶をした。

そのような、これから身内になる面々でディナーの時間を過ごす。今回の主役である南帆は、やはり緊張はあったが、あまり気を張らずに話ができた。今回の主役である南帆は、たくさんおしゃべりしてしまったくらいだ。

その後は早めに客室に入ることになった。明日のために、早く休むのだ。

南帆と航大、李帆たち夫婦、それぞれの両親……と何部屋かに分かれて泊まる。

もちろん航大の薦めと手配で、すべてスイートルームだ。

「おやすみなさい」を言い合って、結婚式前夜はお開きになった。

「お風呂、すごく素敵だったよ。航大くんのおすすめだけあるね」

明日、綺麗でいるために念入りにお風呂に入り、あたたかなお湯も堪能した。メインルームに戻った南帆は、明るく航大に声をかける。

「ああ、南帆。気に入ってもらえて良かった」

ソファでタブレット端末を見ていた航大が、南帆を振り向いて微笑を向けた。客室に入る前、南帆が両親に呼び止められたので、航大が先にお風呂を使ったのだ。

南帆はその航大にいそいそと近付き、ぽすんと隣に腰掛ける。甘えるような座り方になった。

航大は明日のタイムスケジュールを確認していたようだ。画面には二人で作った資料が表示されている。改めて確認するあたりが、真面目な航大らしい。

それでも南帆が戻ってきたからタブレット端末はオフにして、テーブルへ置いた。南帆に向き合ってくれる。

「去年の旅行で泊まったホテルも素敵だったけど、このホテルも好きだなぁ。お部屋もバスルームもロマンティックな内装だし、バスタブも猫足でかわいかった！」

今回泊まるのは、小花柄の壁紙に猫足の家具といった、上品ながらも甘い雰囲気の部屋だ。結婚式前夜にふさわしい。

部屋や設備にはしゃぐ南帆を見て、航大が穏やかに笑う。

「南帆ならそこを気に入ると思ったよ」

ソファで隣同士座って、話すのは何気ないことだった。

不思議だ、と南帆は思う。

明日はいよいよ結婚式だから、緊張してしまってもおかしくないのに。

でも航大がずっと隣にいてくれるのだ。

それなら不安になる必要はない。絶対大丈夫だという自信が湧いてくる。

「南帆、今夜は特に綺麗だな。いい香りもする」

やがて航大がそっと南帆を抱き寄せた。あたたかな腕にくるまれて、南帆はちょっとくすぐったく思いながらも、身を寄せる。

「明日は人生で一番、綺麗でいなくちゃいけないから。お風呂でのお手入れも頑張ったの」

その通り、綺麗になるために頑張ったのだ。

事前に何ヵ月かエステサロンに通った。それに今夜のセルフケアも同じだ。髪も顔も特別なパックをして、肌もスクラブで磨いた。

そのためにいい香りがするだろうし、明日は全身、美しくいられるはずだ。

航大の隣に並ぶのだ。一番綺麗でいたい。

もちろんこの先の人生もそうありたいけれど、明日はそのスタートだから。

「そうか。明日をそれほど大切にしてくれて、嬉しいな」

南帆をしっかり腕で抱きながら、航大は噛みしめるように言った。南帆も頷く。

「当たり前じゃない」

寄り添って話しながら、互いの体温を確かめ合えるのは心地良かった。ずっと続けばいいと思うほどだ。

そして明日の式が成功すれば、その願いは本当に叶うのだ。

「これほど綺麗な南帆なんだ。今すぐ深く触れられないのが惜しいよ」

南帆の体をもっと抱き寄せて、航大が囁く。

言葉の意味はもちろんわかる。南帆を照れさせてしまう内容だ。

だけどそう望んでもらえるのを、心から幸せに思った。

「もう。明日の夜だって、綺麗でいるよ」

はにかみながらも、混ぜ返した。

実際、そのつもりでいる。

今夜は特別綺麗になったけれど、明日も同じくらい綺麗にお手入れするつもりだ。

なにしろ明日は初夜だ。

結婚して迎える、初めての『夫婦としての夜』。

そのときだって、一番綺麗でいたい。

「それは楽しみだ」

南帆の耳元を、航大の軽く笑った吐息がくすぐった。南帆の胸の中がとくりと跳ねて、早くも騒ぎ出す。

やがて航大の手が少し動いた。

寄り添い合い、肩を抱いていたところから体勢を変える。南帆の肩を引いて、自分も向き合うように座り直した。

視線が正面から合って、南帆の胸はもっと強く高鳴った。

普段から南帆を見つめるときはとても優しい瞳だけど、今の眼差しはもっと優しい。

愛おしさといえる色が、たっぷりと満ちている。

そんな瞳で真っ直ぐに見つめられたら、視線を通して、心の奥まで交わりそうだ。

南帆の視線も自然と緩んでいた。航大を見つめ返す眼差しも、きっと航大の胸の中まで届いただろう。

見つめ合ったまま、航大の手は南帆の頬へ触れる。大きな手が南帆の頬をすっぽりと包み込んだ。

その手には指輪がしっかり嵌まっている。ペアにした婚約指輪だ。

金属の硬い感触が頬に触れたが、南帆はかえって喜びを覚えた。

これは自分と航大を繋いでくれるものだから。

そして明日から互いの指に嵌まるのは結婚指輪になる。より強い絆になるだろう。

「そのままの南帆を愛しているけど、俺のために綺麗でいたいと思ってくれる気持ちが、すごく嬉しい」

ごく近くで、南帆だけに聞こえる声量で、航大は呟く。吐息がわずかにかかるほど近くて、南帆の胸の中は、もっと震えた。

こんなふうに言ってくれるひとは、ほかにいない。

今まで何回も実感していたことだが、結婚式を目前とした特別な夜に聞けば、航大の愛情が強く伝わってきた。

「私も……、そのままの、……どんな航大くんのことも、愛してる」

だから浮かんだ気持ちのまま、口に出す。発する声には、たっぷり幸せが滲んだと自覚できた。

南帆の返事と愛の言葉に、航大は目元を緩めた。ふわりと、愛おしげな色が濃く浮かぶ。

「明日、名実ともに南帆と一緒になれるんだ。俺は世界で一番幸せ者だよ」

愛おしそうに言われたのは、最上級の愛の言葉だ。

でもこの気持ちは、南帆だって同じなのだ。

「ううん、一番幸せなのは私だよ？」

ふわっと笑みが広がり、また混ぜ返すように言う。

その言葉は、航大をもっと幸せそうな笑みにした。

「じゃ、二人で世界一、幸せになれるな」

「本当だね」

くすっと笑い合い、やがてお互い目を閉じた。航大の手に力がほんの少しだけこもり、顔を寄せられる。

触れ合ったくちびるは、いつもそうするときのように、快い体温を孕んでいた。大切に、慈しむ触れ方をしてくる。

きっと南帆を世界一、大切にしてくれると誓う意味でのキスだった。

(誓いのキス、ひと足先にしちゃったかも)

優しく触れ合う、長いキスを続けながら、南帆の頭にそんなことが浮かんだ。

キスをしながら、えくぼのある頬がやわらかく緩む。

明日の式で誓いのキスをするけれど、今夜のこのキスも、誓いである。

これから夫婦になって、もっとたくさんキスを交わすだろう。

そのときも毎回、こういう気持ちで触れ合いたい、と思わせる、長い、長いキスになった。


翌朝は、二人の門出を祝福するかのように快晴になった。

寄り添い合い、ぐっすり眠った朝にカーテンを開けて、南帆はすでに幸せを覚えてしまう。朝日が海に反射してきらきら光り、空気も輝くような朝だった。

午前中、早めの時間に控え室へ入って、まずウエディングドレスに着替える。

準備をする間、ずっと心地良く心臓は高鳴っていた。

選んだのは、スカート部分に上品なボリュームがあるAラインドレス。

レースがたっぷり使われていて、かわいらしいシルエットが南帆によく似合うと、航大も褒めてくれた一着だ。

メイクはオレンジ色を帯びた色合いのアイシャドウとチーク、リップグロスを使って仕上げてもらう。清楚ながら明るい雰囲気で、南国の式にぴったりだ。

ヘアスタイルはこれもかわいらしい印象のハーフアップにした。白い花を編み込んでもらった特別なアレンジだ。

念入りにスタイリングされて仕上がったとき、全身を鏡で見た南帆は感動した。

今日の自分は、世界で一番綺麗になれた、と思う。自惚れではなく、そう思う。

その気持ちは、控え室にやってきた母と李帆が、最初に肯定してくれた。

「南帆、綺麗だわ……！」

留袖にまとめ髪の母は、すでに目元を押さえた。隣で落ち着いたピンクベージュのフォーマルドレスを身に着けた李帆も同じだった。

「うん、とっても素敵！」

潤んだ目で褒めてくれた李帆が手を伸ばす。白いレースの手袋を嵌めた南帆の手をしっかりと握った。

「幸せになってね」

ずっと見守ってくれた優しい姉に言われて、南帆のほうも目が潤みそうになる。メイクが崩れてしまうから、なんとか飲み込んだ。

「うん！　ありがとう……！」

代わりに笑った。少し泣き笑いに近かったけれど、幸せの笑みだ。

「失礼します。南帆のお支度は……」

そこで声がかかった。廊下のほうからだ。

南帆の胸が、どきんと高鳴る。

聞こえたのは航大の声だ。彼も支度ができて、南帆の様子を見に来たらしい。

試着姿は見せたけれど、ヘアメイクまでフルに揃えて見てもらうのは、初めてだ。

（綺麗って言ってもらえるかな。絶対に言ってもらえるけど、期待しちゃうよ）

高鳴った胸は、とくとくと速い鼓動になる。航大ならそう言ってくれるとわかっているのに、期待が胸を騒がせるのだ。

「航大さん。もういいわよ。ね、南帆」

母が振り向いて、航大に声をかけた。南帆も高鳴る鼓動を抱えながら頷く。

それで航大が姿を現した。

彼の格好を見て、南帆の胸はもう一度、どきんと跳ねる。

航大の花婿姿も、とても素敵だったのだから。

長身でがっしりした体を包むのは、グレーをベースとした一揃いのタキシードだ。濃い目のグレーのベストを合わせ、紺色のネクタイを締めている。付き合って間もない頃、南帆がプレゼントした、手作りのキーケースを思わせる色合いだ。その胸元にポケットチーフを飾り、黒のストレートチップの靴を履いている。

髪型も特別だった。

自然なボリュームになるようセットをして、前髪は持ち上げている。若い男性らしく、華やかさもあるスタイリングである。

あんまり素敵なので南帆は、ほう、と息をついてしまった。

服装やスタイルの打ち合わせは事前にしていたのに、実際に目にしてしまえば、強い感嘆が湧いてくる。

世界で一番格好良い、と思った。

「南帆……世界一、綺麗だ」

思わず見惚れてしまった南帆だが、どうやら航大も同じだったらしい。

驚きと愛おしさが溢れた表情で南帆を正面から見つめた数秒後に、感動のため息で言われた。

南帆の胸がもう一度、跳ねた。どくん、と高鳴ったあと、速い鼓動を刻み出す。

このひとにこう言ってもらえるために、綺麗になったのだ。

ずっとそうありたいと思っていた事実を、自分の心で実感する。

「ありがとう。航大くんも、世界で一番、格好良いよ」

喜びのままに、感じたことを伝えた。

航大の瞳がさらに愛おしげになる。一歩踏み出して、南帆の正面まで来た。

伸ばされた航大の手が、南帆の手を包み込む。航大が南帆を大切に想ってくれる気持ちが、そこから直接流れ込んできた。

「やっぱり俺は世界で一番幸せだ」

昨夜と同じことを航大は呟く。

式の前でなかったら、そのまま抱きしめてくれただろう。

そんな気持ちが、握られた手と視線、声や言葉から南帆に伝わってきた。

「うん。二人で一番幸せになろう」

だから南帆も同じことを言う。その後、ふっと笑い合ったのも同じだった。

二人の気持ちはとっくにひとつになっている。

だから今日、これからさらに強い愛を育んでいくのだ。

これから始まる式がきっと、もっと強い結び付きをもたらしてくれるだろう。

結婚式はまずチャペルでのセレモニー、次にホールでの披露宴だ。

ゲストが来場する予定時刻の数十分前、南帆はホール前の受付でセッティングの最終チェックをしていた。

飾り付けは予定通り、南帆がほとんどを作った。配置もあらかじめ決めておいて、今日はその通りに李帆が並べてくれたのである。

ウェルカムボードは、李帆の結婚式と対になるデザインにした。

基盤は同じだが、使った花は黄色のひまわりだ。

航大と仲を深める過程で、何度も縁があった花だ。南帆にとっても想い出深い。

そしてウェルカムドールは、予定通りクマのぬいぐるみにした。職場で先輩の澄子と話した通りのものだ。

黄色いドレスを着た新婦のクマ。

パイロットの制服を着た新郎のクマ。

理想的なデザインと出来栄えになったし、航大や李帆も「とてもかわいい」と褒めてくれた。

二体は仲良く寄り添う位置に座らせた。これらを目にする来賓にも、自分たちらしいと思ってもらえるといいな、と思う。

自作アイテムとしては、ほかにリングピローもある。これはセレモニーで使うものだから、ここにはない。すでに所定の位置に用意されているはずである。結婚指輪という大切なアイテムを入れるものだから、絶対に自分で作りたかったのだ。

このように手作りのもので作り上げ、イメージ通りに完成した受付を見て、南帆は目を細めていた。

李帆の結婚式と対にしたために、あのとき……李帆の式で航大と正式に出会って、知り合ったときのことを思い出す。

『失礼、あなたはもしや、空港でお会いした方ですか?』

自分自身の結婚について母から無遠慮に言われ、憂鬱を抱えていたときだった。

うしろからかかったやわらかな声を、今も覚えている。

振り返って目にした素敵なフォーマル姿の彼が誰なのか、あのときの南帆は、ひと目で思い当たった。

『えっ、あなたはもしかして、あのパイロットさん……?』

ハワイに渡ってすぐ、トラブルから助けてくれた彼と、こんなところで再会するなんて思わなかったのだ。目を丸くしてしまったものだ。

驚いたが思わぬ再会に嬉しくなった気持ちは、今もまざまざと思い出せる。


一年半ほど前、この地で起こった航大との出会い。

あれ以来、多くのことがあった。

日本で改めて会って、実は学生時代に接点があったのを知った。

そのときから航大は自分を「素敵なひとだ」と思ってくれていたとも知った。当時の航大からの気遣いを、自分も嬉しいと思った瞬間があったのだと思い出せた。

そして恋人同士になってからは、二人でずっと一緒に過ごしてきた。

デートをした日、南帆の手料理を食べた日。

ハワイ旅行に行って楽しんだ時間。

台風に遭って、心配でいっぱいだった夜……。

すべてが今日、この結婚式に繋がっているのだ。

(これからも忘れないよ。それで二人でもっと、もっとたくさんの想い出を作っていくんだ)

優しい気持ちでこれまでのことを思い出しながら、南帆は、これからの未来に想いを馳せる。

その後、会場も少しだけ覗き込み、飾り付けも改めて目にした。

持ち込める装飾のメインはタペストリーと、ウエディングガーランド。

これは澄子をはじめとした、職場の同僚たちが作ってくれたものだ。

南帆と航大の好みや想い出を聞いて反映させてくれたし、そこへハワイという南国のムードも考慮して作ってくれた。

なにしろ手芸用品店のメンバーが作ったのだ。

プロが作ったものと遜色ない仕上がりで、それ以上に、とても心を込めて、丁寧に作ってもらえたと、見ただけで伝わってきた。

渡されたとき、南帆は感動のあまり、目が潤んでしまったくらいだ。

それらで装飾をされた会場はとても華やかだった。派手すぎず、上品で、しかしウエディングの明るい空気はたっぷり溢れている。

(私が頑張って作ったものと、職場のみんなが贈ってくれたもの、それからセッティングしてくれたお姉ちゃん……。たくさんの気持ちがこもってるんだね)

慌ただしい中だから、チェックしていたのは数分だったけれど、南帆はそんな幸せを噛みしめられた。

たくさんの想いに囲まれている。

素敵な会場と受付は、南帆にそう実感させた。

南帆に大きな愛をくれるのは、航大だけではない。周囲のひとたちも同じなのだ。

「南帆！　そろそろいらっしゃい」

そこで母が呼びに来た。もう待機していたほうがいい時間だ。

「はぁい！」

南帆は振り向き、明るく答えた。心からの声になった。

もうあのときのような憂鬱なんてない。

今、胸にあるのは未来への希望だけだ。

素敵な式と、夫婦としての二人の一歩が、いよいよ始まる。


厳かな空気のチャペルは天井が高く、歴史ある建物だった。

壁や椅子、備品ひとつひとつにも上品な装飾が施されている。そこかしこから、建物が過ごしてきた長い年月を感じさせた。

入り口の広い扉から入場した南帆と航大は、大きな拍手で迎えられた。

すでにたくさんの祝福を浴びる気持ちになる中で、式がスタートする。

「本日、私たちはご列席いただきました皆様の前で、夫婦の誓いをいたします」

隣同士で並び、読み上げるのは、夫婦の誓いの言葉だ。

まずは二人で揃って、冒頭を切り出す。

航大と一緒に考え、大切に作り上げた挨拶文である。

「一年半前、新婦・南帆の姉・李帆がこの地で結婚式を挙げました」

続いて南帆が読み上げた。

人前で挨拶する機会はなかなかないので、そのことにも緊張する。間違わないよう、慎重に話した。

姉の挙式については、南帆側の親族や友人は周知だが、航大側の来賓は知らないひとも多いだろう。少し驚いた空気が伝わってきた。

「李帆さんのお相手は新郎・航大の友人・悠吾さんです。お二人の結婚というご縁が、私と南帆さんのご縁も結んでくれました」

その後を航大が続ける。今度は感嘆の空気がその場に溢れた。

「今日、結婚式をこの地で挙げましたのは、このハワイという場所も、お二人と同様に、私たちの縁を結んでくれたからです」

次の言葉は二人の声が重なり合った。間違えないよう、ペースを合わせるよう、気を付けながらゆっくりと話す。

その場はしんとしていた。二人の言葉を受け止めてくれる、優しい空気が満ちる。

「いつでも明るく輝くハワイの空のように、ずっと笑顔を交わせる夫婦でいることを誓います」

最後の誓いを読み上げ、挨拶を締める。

二人の言葉が終わって、数秒後、大きな拍手が上がった。

パチパチと響く拍手はいつまでも続くかと思うほどで、二人の誓いが受け入れられたことを、形として示してくれる。

南帆は間違えずにすべて言えたことに安堵しつつ、大きな喜びを覚えた。隣の航大も同じだっただろう。

その後は指輪の交換、そして誓いのキス。

航大の手が南帆のヴェールを持ち上げ、顔を寄せる。

南帆はドキドキしながらも、そっとまぶたを伏せた。

今度は公の場での、誓いのキスだ。前夜の二人きりでした誓いと、今、二人を見守ってくれるひとたちの前でする誓い。

両方があるのはなんて素敵なことだろう、と南帆はくちびるが触れ合うまでの数秒間で実感した。

やがて航大のくちびるが、南帆のくちびるにそっと合わせられた。

やわらかく、表面だけを押し当てる、ふんわりした触れ合い。

誓いの言葉を封じ込め、永遠のものにするためのキスだ。

その通り、航大からの強い想いと、決意が流れ込んできた。

受け止める自分のくちびるからも、応える想いが伝わるといい。

南帆は航大の優しいキスを受けながら、願うように思っていた。

二人の神聖なキスが終わったとき、会場からは再び拍手が起こる。

二人の誓いを祝福する拍手は、またしてもなかなかやまなかった。


「おめでとう！」

「おめでとう……！」

セレモニーを終えて、ウエディングロードを退場する南帆と航大に降り注ぐのは、大勢の来賓からの祝福の言葉だ。

プルメリアの花を使ったフラワーシャワーが、二人にかけられる。

光り輝くハワイの日差しも、二人を優しく照らしてくれる。

チャペルは海辺なので、爽やかな海風も届く。南帆のヴェールとドレスを美しく揺らした。

航大としっかり腕を組んでそれらを受けながら、南帆は祝福と、この先の幸せがそのまま形になって降ってくるように感じていた。

「……あっ」

そのとき、南帆は小さく声を上げた。

チャペルの後方から、すぅっと美しい白い線が空に描かれたのだ。

今日のそれは、二本の線だった。寄り添うような形で、ぐんぐん長く伸びていく。

それはもちろん……。

「……ひこうき雲だ」

航大もそちらを見上げ、目を細めた。手を動かして、南帆の腕をもっとしっかり、自分に抱き寄せる。

二人の頭に浮かんだのは、きっと同じ想い出だ。

航大が南帆にプロポーズしたとき、海の上に見た光景。

力強く飛んでいく飛行機と、その後に続くひこうき雲は、長く、長く、どこまでも道ができているように南帆の目に映った。

（このひととなら、飛行機が飛んでいくように、二人でどこまでだって行けるよ）

眩しい日差しの中で、南帆は頬を緩ませた。小さくなっていく飛行機を見送る。

夫婦として歩み出した二人の先に待っているのは、広い、広い空だ。

誓いの言葉で話した通り、今、目に映る明るい日差しのような笑顔がずっと続いていくだろう。


（完）

番外編

「日下、お疲れ様」

一日の勤務を終えた夕方、航大がバックヤードの男性更衣室で帰り支度をしていると、不意に声がかかった。振り向けば同僚が笑みを浮かべて入ってくるところだ。

「ああ、お疲れ」

航大も微笑を浮かべて挨拶を返す。

もう着替えも終わっていた。半袖の開襟シャツに、ベージュのパンツを穿き、薄手のジャケットを羽織った私服姿だ。その格好で彼と何気ない話をしつつ、バッグに荷物を詰める。

最後に航大は、革製のアクセサリーケースを出して、蓋を開けた。中からきらりと光る指輪を取り出す。

「仕事が終われば毎回そうして着けて、日下は相変わらず奥さんに夢中だよな」

着替えを始めていた同僚が、それを見てちょっとからかう声になった。

だが航大はなにも気にせず、指輪を薬指に嵌めて、さらっと肯定する。

「当たり前だろ。南帆との愛の証なんだから、本当はずっと身に着けていたいよ」

きちんと薬指に収まった指輪を見て、満足する。アクセサリーケースのほうはバッグにしまった。紺色の革でできているこれももちろん、南帆の手作りだ。

航大の薬指に光るのは、南帆とお揃いで買った結婚指輪だ。ハワイアンジュエリーで、プルメリアの花が内彫りで入っている。

外側はシンプルなので、仕事の時間以外はずっと着けているのだ。

航大のまったく恥じらわない返答に、同僚は苦笑になった。

「まったく、ごちそうさまだよ。じゃ、またな。気を付けて」

それでも優しい挨拶をくれる。航大もバッグを取り上げて、笑みを浮かべた。

「ああ、ありがとう。またな」

更衣室を出て、出口へ向かって歩き出す。大きめの仕事鞄は肩からかけた。

(今回は時間通りに上がれて良かったな。南帆の夕食がちゃんと食べられそうだ)

楽しい期待を胸に、廊下を歩く。家に帰るのがこんなに楽しみに思えるなんて幸せだ、と噛みしめた。

今日はニューヨークから復路を操縦してきた。向こうのホテルで二泊したあとだから、数日ぶりの我が家だ。

航大と南帆が結婚して、約十ヵ月が経った。結婚式のときは初秋だったので、現在は初夏だ。風が爽やかな五月である。

駐車場へ向かう間に、待ち合いのロビーの端を通りかかって、航大はちょっと目を細めた。

南帆と交際を始めた年の冬に、酷い台風が襲来したときのことを思い出したのだ。

あのときの台風はかなりの大型だった。しかも航大のフライトとちょうど時間が重なってしまい、だいぶ苦労した。

でもあの日、暴風雨の中を操縦する航大の胸に、不安はまったくなかった。

だって南帆が自分を信じて、待っていてくれたのだから。

自分ならやり切れるという自信に加え、南帆の強い想いを受け取ったら、不安なんて入り込む余地もなかった。

それに無事、空港に着陸して、勤務も終えたあと……。

『おかえり……！』

わざわざ空港まで迎えに来て待っていてくれた南帆からの、お迎えの言葉。

あのときの声も、抱きしめた小さな体のぬくもりも、はっきり思い出せる。

涙声だったけれど、強い安心と信頼からの声だったと航大は感じ取れたし、それゆえに強く心に響いた。

『心配かけてごめんな』

夜もすっかり更けていたのに、本来の到着時間から何時間も過ぎていたのに、それでも待っていてくれた。その事実だけでも幸せだったのに、南帆はこう言ったのだ。

『ううん……！　心配だったけど、航大くんなら絶対大丈夫だって信じてたもの！』

きっぱり言い切った南帆は、本当に強い女性だ。

あのときの航大は、強い感激と幸せでいっぱいになった。

(自分をこれほど想って、大切にしてくれるひとはほかにいない)

それに加えて実感した。南帆と結婚したい、という自分の願望が決意になった瞬間だ。

南帆との結婚については、交際を始めたときからずっと頭にあった。このひとと結婚までできたら、どんなに幸せだろうかと何度も想像していた。

だが航大の中で、この気持ちがはっきり形を取ったのは、このときである。

薄々考えているだけでは、もう足りないと思った。

交際して一年にも満たないから、と気にする必要もないと感じた。

だから帰りの車で南帆に話した。

両親に会ってほしい、と。南帆も少し驚いたようだが、すぐ了承してくれた。

そして、両親と会ったその帰りにプロポーズをして……。今、こうして夫婦という仲になれたのである。

そう考えると、パイロットという自分の選んだ仕事も、確かに『今』に繋がっていると感じられる。姉の結婚式でハワイへ渡航してきた南帆と空港で顔を合わせたのも、自分がパイロットとして働いていたからだ。

それゆえに航大は、南帆と結婚して以来、もっと仕事に打ち込めるようになっていた。自分らしく生きるため、それから南帆と共に過ごすために。

それに今では帰国したあとに連絡を取り、互いの家を行き来しなくて良いのだ。夫婦として同じ家に住んでいるのだから。

二人は式のあと引っ越しをして、新しいタワーマンションに住んでいる。

元々、航大が一人暮らしをしていたエリアは、空港に近くて便利な場所だった。よってその付近で新居を探して、一旦マンション暮らしを始めた次第だ。

だが数年以内には、一軒家を建てて引っ越す予定である。今の家も十分な広さではあるが、マイホームはやはり憧れるし便利だ。

それに一軒家を望むのは、自分と南帆だけのためではない。

そのことを頭に思い浮かべると、自然と頬に笑みが浮かんでしまう。航大はロビーを通過し、廊下を歩き、駐車場へ向かった。

自分の車を運転して帰る、わずか十分少々の距離すら、待ちきれない気持ちでいっぱいだった。

「ただいま、南帆！」

車を駐車場に入れ、エレベーターを上がって、自室へと帰宅した航大は弾んだ声で中に入った。

玄関を開けてくれた南帆も、満面の笑みを浮かべている。

「おかえり、航大くん」

アイボリーのAラインワンピースを着た南帆は、オレンジ色のエプロンを着けている。髪はうしろで緩くまとめていた。どうやら夕食の支度をしていたらしい。

その南帆を、航大は両腕でしっかり抱きしめた。確かなぬくもりと、やわらかな体の感触が、自分の全身で感じ取れる。

「お疲れ様」

南帆も腕を持ち上げて、航大の背中に回してきた。自分からも抱きついてくれる。

二日以上も時間が空いたのだ。ただいまのハグはだいぶ長くなった。

やがて航大はそっと南帆を離した。代わりに下のほうへ手を伸ばす。

「俺たちの赤ちゃんも、ただいま」

ワンピースとエプロンの上から、南帆のお腹に触れる。ただいまを言う声は、愛おしさがたっぷり滲んだ。

「ふふ、ありがとう」

航大の挨拶に、南帆は幸せそうに笑った。自分の右手も、航大の手の上に添えてくる。南帆の手は小さくてやわらかく、抱きしめたときと同じようにあたたかい。

三ヵ月ほど前、二人の間に愛の証がやってきたことが判明した。

妊娠に気付いて、すぐに話してくれた南帆から聞いたとき、航大は目を潤ませてしまった。二人の愛がこうして形になるなんて、これ以上の幸せはないと思った。

でも今の航大は知っている。南帆と、それからお腹のこの子がいる限り、『幸せ』はいくらでも増していくものなのだ。

だからこそ、南帆とこの子を全力で守り抜く。

今の航大の胸には、そんな誓いと決意があった。

「先にお風呂に入る？」

挨拶も済んで、南帆が聞いてくれた。航大も足元に置いていた仕事鞄を取り上げて、スリッパを履く。

「ああ、今日は汗ばむ陽気だから、さっと浴びたいな」

二人で奥へ向かいながら航大はそう言ったけれど、南帆は不思議そうに航大を見上げてきた。

「お湯も溜めてあるし、ゆっくり入っていいんだよ？　お仕事で疲れたでしょう？」

それで優しいことを言ってくれる。でも航大にもお風呂を簡単に済ませたい理由があった。

「数日空いちゃったから、南帆と赤ちゃんと一緒に過ごしたいよ」

にこっと笑って答える。南帆もすぐ理解したらしく、ちょっと苦笑気味に笑った。

「もう。航大くんったら」

そんなふうに笑うと、頬のえくぼが余計に愛らしく見える。航大はまた抱きしめたくなるのを我慢しなければいけなかった。

今はお風呂だ。しっかり浴びるけれど、やはり早めに済ませたいと思う。

自宅にいられる時間は限られているのだから、夫婦……いや、今となっては家族の時間を一番優先したいのだ。

「南帆のご飯はやっぱり最高だな。お腹だけじゃなく、心もいっぱいだ」

夕食を終えてから、航大は満たされた心身でソファに腰掛けていた。手には紺色のマグカップを持っている。

カップの中身は熱い紅茶だ。茶葉のかぐわしい香りが漂っている。

その隣には、色違いの黄色いマグカップを両手で包んだ南帆が寄り添っていた。

「ありがとう。航大くんが帰ってくる日は、ついつい気合いが入っちゃうな」

ほかほかのお茶をひとくち飲んで、南帆はまた頬を緩める。

二人で過ごす新居のリビングは十畳以上ある広さで、ゆったり過ごせる。ダークブラウンのカーテンとベージュのカーペットを選んで、あたたかみのある内装にした。カーテンと同じ色のソファも大きく、大人なら三人は腰掛けられる広さだ。

赤ちゃんが生まれてきても狭くはならないな、などと今から考えて、安心している航大である。

奥は対面式システムキッチンに続いていて、ほかにも二部屋ある。

一室は寝室だ。だがあと一部屋は現在、空いている。

子ども部屋にも良さそうな広さだが、赤ちゃんがそこまで育つ前には引っ越す予定なのだ。なのでこれから、ベビーベッドやベビーバスといった大きなものを購入する見込みである事情も併せて、荷物置き場になっている。

「このお茶、とっても美味しい。お義母さんのおすすめは間違いないね」

南帆は今日、淹れたお茶を気に入っているようだ。優しい目でカップを見つめて、そう言った。

「そうか。母さんもそう言ってもらえたら喜ぶよ」

航大の目も優しくなる。この茶葉は航大の母が南帆にプレゼントしてくれたものだ。

航大の母はお茶が好きで、紅茶も緑茶も、色々と買い集めている。その一環で先日、家に送ってくれたのだ。

何袋かプレゼントされた中でも、南帆はこれが気に入ったらしい。母も気遣ってくれたようで、もらったものはどれもカフェインが入っていないタイプだった。

この紅茶もそのひとつだ。すっきりとした飲み心地が、初夏の夜にぴったりだ。

「クッキーもどうぞ。最後のひと袋だけど……」

紅茶をもうひとくち味わってから、南帆がテーブルに置いてあった紙箱を引き寄せた。航大に勧めてくれる。

焼き菓子が色々入っていた大箱は、いただきものだ。最後に残っているこのひと袋は、ナッツ入りだと書いてある。

小さめサイズのクッキーが五枚ほど入っているそれを見て、航大は少し考えた。

「ありがとう。ナッツは大丈夫だったかな」

すぐにわからなかったので、聞いてみる。南帆も質問の理由に思い当たったようで、ふわっと笑った。

「大丈夫だよ。鉄分やカルシウムが摂れるから、適度に食べるのがいいんだって」

その顔でそう答える。航大も安心した。お腹の子に影響はないようだ。

南帆の妊娠が判明して以来、航大は南帆の口にするものや、触れるものに余計、気を遣うようになっていた。

南帆自身ももちろん気を配っているだろうが、自分からも気にかけていたいと思うのだ。南帆にも、お腹の子にも、なにかあってからでは遅い。

元々、南帆に対して過保護気味なところがあった航大だ。それがさらに増したといえる状況で、南帆本人からはたまに苦笑されてしまう。

でも南帆の苦笑は毎回、とても幸せそうな表情なのだった。

「澄子先輩も気遣って選んでくれたみたいなの。『チョコレートは？』『コーヒー味は良くないよね？』って色々聞いてくれて……」

クッキーの袋を開ける航大に、南帆がこのお菓子の贈り主について話題に出した。

楽しそうに声も弾む。

「そうそう、川地さんからのいただきものだったね」

航大も何気なく受け答えした。川地さんこと、南帆の先輩の澄子は、以前から南帆をとても気にかけてくれるのだと聞いていた。

なにしろ南帆が就職してから、ずっと面倒を見てくれているそうだ。

つまり南帆との関わりは航大より長いわけで、航大はちょっと妬いてしまう気持ちもたまに覚えている。

自覚すると自分の独占欲の強さに呆れてしまうのだが、南帆がいろんなひとから大切にされていると思うと、これもまた幸せだ。

澄子は結婚式のときも、わざわざハワイまで来てくれた。「南帆さんをよろしくお願いします」と言ってくれた彼女は、まるで第二の姉のように見えた。航大は気を引き締めて「もちろんです」と答えたものだ。

「うん、長崎のお土産。初夏の旅行は気持ち良さそうだよね」

袋からひとつ取って、南帆が説明してくれる。航大も口にしながら頷いた。

「なるほど、それは焼き菓子も美味いはずだ」

「異国情緒溢れるパークもあるもんね」

紅茶とクッキーは、会話も弾ませてくれた。その中で南帆が言う。

「満開のチューリップ畑の前でプロポーズなんて、素敵だよね。見せてもらったお写真も、本当に幸せそうだったもの」

写真を思い出しているらしく、うっとりした南帆の横顔は、とてもかわいらしかった。ロマンティックなシチュエーションに憧れる表情は、ピュアな愛らしさがある。

「本当にそうだ。きっと一生の想い出になるよなぁ」

南帆の横顔に見とれながらも、航大は同意した。

澄子は長崎への旅行中、訪れたテーマパークで、付き合っていた相手からプロポーズをされたのだという。数年付き合った彼氏だというので、ついにゴールインというわけだ。

このお土産をもらってきた日、南帆が「すごくいい話があるの！」と興奮した様子で話してきたから、その勢いに航大はだいぶ驚いたくらいだ。

でも近しい大切なひとの幸せをここまで喜ぶ南帆のことを、航大は本当に素敵だと思った。

南帆はその後すぐに、「お祝いはなにをあげようかな⁉」「お式はなにを着ようかな⁉」なんて目をきらきらさせていたくらいだ。

「だけど航大くんからのプロポーズも、一生の想い出だよ」

そこでふと、南帆が少し話を変えた。自分たちのことに話題が戻ってきて、航大は改めて南帆の顔を見た。南帆も航大を見上げて、にこっと笑う。

「海と空が見える場所でのプロポーズなんて……。とっても航大くんと私らしいなって思った」

「……南帆」

笑顔で言ってくれた言葉に、航大は目元と頬が緩むのを自覚した。プロポーズの場所について、そんなふうにとらえてくれるのだ。確かに自分でも「俺らしいし、俺たちらしい」と思って選んだ場所だった。その意味でも嬉しい。

南帆のこういう考え方が好きなのだと、付き合う前からずっと感じていることが、再び頭の中に浮かんだ。

だけど……。

「ふふ、ありがとう。でも南帆、口につけてるよ」

航大はつい笑みをこぼしてしまう。にこっと笑った南帆の口元にあったものに手を伸ばす。

「え!?」

南帆が一気に慌てた様子になった。

そのくちびるの端に触れ、航大は指先でクッキーの欠片をすくい取る。

そのとき南帆のやわらかなくちびるが指先に当たり、ちょっと胸が高鳴った。

航大にそうされて、南帆の頬はじわじわ色付いていく。つぼみが色づくような美しい変化に、航大はつい見とれてしまった。

「うう……ロマンティックな話をしてたのに、クッキーをつけてたなんて……」

心底恥ずかしい、という顔でぼそぼそ言うから、航大の笑みはもっと濃くなる。

「かわいらしいから、気にすることなんてないよ」

だから本心から言った。そうして先ほど感じた胸の高鳴りのままに、改めて手を伸ばす。南帆の頬に触れた。染まっている頬は、まるでマシュマロかなにかのようにふんわりした感触だ。

そうして南帆の瞳を覗き込む。南帆が気まずげな表情から、目元を緩めた。笑みに戻る。

「そういうかわいい南帆が、俺は好きだ」

顔を寄せ、南帆の目を見つめて言い切る。南帆の瞳も、ふわりとほころんだ。それだけで南帆の返事が航大はわかってしまう。

だからそのままもう少し顔を近付けて、くちびるに触れた。二人のくちびるが重なり合う。

一緒に味わっていたクッキーの甘い味がした。そしてその中に、南帆だけが持つ、これまたほのかに甘さを感じる味が含まれている。航大をいつも夢中にさせてしまう味だ。

南帆の小さいくちびるの表面に何度も合わせて、角度を変えて、ついばんでいく。

南帆が航大の胸元に触れ、きゅっと握ってきた。向こうからも体を寄せてくる。

距離がさらに近くなり、ソフトなキスではあるものの、愛情がたっぷり溢れた触れ合いになる。

南帆の頬を片手ですっぽりと包み込み、逆の腕では腰を抱き寄せてキスを続けながら、航大は思った。

二日も家を空けたあとだから、今夜はきっと、南帆を離せないだろう。きっと夜が明けるまで、腕の中にしっかり抱きしめたままになる。

でも離れて眠る夜は、やはりどこか寂しいから。

寄り添い合って眠れる幸せを、今夜はたっぷり味わいたい。

新居のチャイムが弾むように響く。航大はリビングに備え付けのモニターから応答して、エントランスのオートロックを解除するボタンを押した。

「南帆。今、エントランスに着いたってさ」

奥にいた南帆に声をかける。レースのカーテンを開けていた南帆が振り向いた。五月の爽やかな風が入る窓の前にいる南帆は、オレンジ色のワンピースを着ている。最近、家でよく着ているこの七分袖のワンピースはゆったり着られる造りで、お腹を締め付けないから心地良いのだろう。

航大も今日は休日スタイルだった。半袖のカットソーに、紺色のオーバーサイズシャツを羽織り、下は麻のロングパンツだ。

今日のように天気が晴れだと、もうだいぶ暑いと感じる気温になりつつある。

「時間ぴったりだね！　お茶を用意するよ」

十分ほど開けていて空気も入れ替わったので、南帆は窓を閉めた。航大ににこっと笑みを向けて、レースのカーテンを元通りに引く。

「頼むな」

航大も笑みを返して、自分はリビングのドアへ向かった。向こうはエントランスを抜けたあと、エレベーターに乗っただろうが、数分で到着するだろう。

その通り、航大が玄関でスリッパを二足出している間に、もう一度チャイムが鳴った。今度はモニターから応答するのではなく、航大はそのまま玄関を開ける。

「いらっしゃい」

ドアの外にいたのは、親しいひとたちだった。航大の頬に、改めて笑みが浮かぶ。ドアを広く開けた。

「こんにちは！　お邪魔するよ」

いつもの黒縁眼鏡で微笑んでいる悠吾が、明るい声で挨拶してきた。初夏らしく、薄手のパーカーをカジュアルに羽織って、下は細身のジーンズを穿いた格好だ。片手に白い紙袋を提げている。

「お久しぶり、航大さん」

隣で李帆も穏やかな笑みを浮かべている。ゆったりしたピンクベージュのワンピースに、悠吾とお揃いらしいパーカーを合わせていた。二人の仲の良さを感じさせるスタイルに、航大は微笑ましく思ってしまう。

「こんにちは。体調はどう？」

その李帆に聞いてみた。この様子と笑顔なら、きっと大丈夫だろうと思ったけれど、李帆はその通りに頷く。

「うん、順調だよ。母子ともに問題ないって」

ワンピースのお腹にそっと手を当て、李帆は穏やかな笑みを浮かべた。触れるお腹は、服の上から膨らみがはっきりわかるほど大きい。

「もう妊娠後期に入ったから、いつ生まれてもおかしくないって聞いて、毎日そわそわしちゃってさ」

隣で悠吾がそんなふうに言う。李帆は軽く笑いながら、その悠吾のほうを見た。

「ほんと、悠吾ったら出勤するとき、毎朝、毎朝『なにかあったら、絶対すぐ電話するんだぞ！』って念を押すんだから」

ちょっとふざけるような言い方をした李帆だけど、悠吾のその心配を本当に嬉しく思っている、という気持ちが声にも顔にも溢れていた。

「優しいパパになりそうで、なによりじゃないか」

だから航大も肯定した。本当に、悠吾ならちょっとお茶目なところがある、とても素敵なパパになると確信している。

「さぁ、入って。南帆がお茶の支度をしてくれてるんだ」

航大は改めて二人を招き入れた。悠吾の目が輝く。

「本当に！　ありがとう」

お礼の言葉のあと、悠吾は李帆に手を差し出した。

李帆ももう慣れているのだろう。自然にその手を借りて、慎重にスリッポンを脱いでいく。李帆がスリッパを履いてから、悠吾もスニーカーを脱いで中へ上がった。

「わざわざ出向かせてごめんな」

二人を案内して廊下の奥へ向かいながら、航大は少し申し訳なくなった。

「ううん、車なら二十分くらいで来られるし、たまには外出もしたいからちょうど良かったの」

妊娠後期の李帆は、そろそろ遠出を控えたほうがいい時期だ。でも李帆から「お邪魔したい」と希望してくれたので、今日こうして航大たちの家で会うことになった。

「気を付けて」

廊下をゆっくり歩く李帆の肩を、悠吾が支える。とても優しい言葉と行動だ。

やがてリビング前に着き、航大は李帆たちに「どうぞ」と中を示した。

「あ、お姉ちゃん、悠吾さん！　いらっしゃい！」

開いていたドアから入った二人に、南帆が弾んだ声をかけるのが、廊下の航大にも聞こえた。二人に続いて中に入れば、南帆がテーブルにお茶の支度を並べているところだった。

「さ、そっちのソファをどうぞ！　わぁ、お腹が大きくなったねぇ！」

航大がドアを閉めるうちに、南帆は李帆にソファを勧めていた。李帆のお腹を見て、感嘆の声を上げる。

「うん、あと二ヵ月くらいで生まれてくる予定だからね」

悠吾の手を借りてソファに腰掛けた李帆は、にこにこしている。南帆は興味津々という様子で、李帆を覗き込んだ。

「お腹も重たいでしょう？　なのに今日は、わざわざ来てもらっちゃって……」

「私から『来たい』って言ったんじゃない。南帆のほうは体調とか、大丈夫？」

南帆の申し訳なさそうな言葉に、李帆は苦笑した。それで南帆を気遣うことを言ってくれる。南帆も嬉しげに答えていた。

航大は二人のやり取りを見て、あたたかな気持ちになった。先ほど玄関で、自分と李帆が交わしたのと同じ会話だ。互いを大切に思っているのが強く伝わってくる。

李帆の妊娠が判明したのは、航大たちの結婚式が終わってしばらくした、秋の終わり頃のことだ。

李帆と悠吾からの報告に、航大はもちろん、南帆はさらに大喜びしていた。

そしてそのたった三ヵ月ほどあとに、南帆が「妊娠したみたい！」と航大に話してくれたのだ。義姉の妊娠に加えて、喜びは二倍になった。

それからは「生まれたら同学年になれるね！」と事あるごとに、姉妹で楽しそうに話しているくらいだ。

「南帆、お茶はこれでいい？」

南帆と李帆が話している間に、航大はガラスのピッチャーからグラスにお茶を注ぎ終えていた。四つ並ぶグラスの中身はノンカフェインの紅茶だ。

「あ、ごめんね航大くん！　途中で放り出しちゃって……」

そこでやっと南帆は、李帆との会話に夢中になってしまったと気付いたようだ。焦った顔になる。

でも航大はかえって微笑ましく思った。床に膝をついた体勢で、南帆を見上げる。

「構わないよ。お茶を作っておいてくれたのは南帆だろ。南帆も体を大事にしたほうがいいんだから、座ってて」

だからさらりと返して、みんなの前にグラスを配っていった。

李帆には三人掛けのソファの真ん中に座ってもらった。その右隣に悠吾が座っている。航大がうながした通り、南帆は李帆の左隣に腰掛けた。

ソファの近くには大型のスツールが置いてある。そこが今回の航大の席だ。ダークブラウンのスツールはふかふかで座り心地が良く、普段は南帆も好んで使っている。

「航大、これ簡単だけど、手土産だ。良かったらみんなで食べよう」

そこで悠吾が手にしていた紙袋を差し出した。控えめなロゴの入った白い紙袋に入っているのは洋菓子のようだ。

「ありがとう。気を遣わせて悪いな」

素直に嬉しく思って、航大は受け取った。悠吾の言葉に甘えて、袋から箱を取り出す。中身は……。

「わぁ！　カステラですか？」

南帆がぱぁっと笑顔になる。出てきたのは、老舗の店のカステラだ。

「うん。俺の両親が九州旅行に行ったから、頼んで買ってきてもらったんだ」

悠吾は何気なく答えたし、ごく普通の入手経緯だったけれど、航大と南帆はちょっと驚いて、顔を見合わせた。

「偶然ですね！　この間、私の職場の先輩も長崎に行ってきたんですって！　焼き菓子をいただきました」

驚きからすぐ笑みに戻った南帆が説明する。今度、驚くのは悠吾と李帆だった。

「え、そうなのか。こんなに短期間で身内や知り合いの旅行先がかぶるの、なんか面白いな」

そう言った悠吾が李帆の顔を見る。李帆も笑顔で頷いた。

「本当に。なにか通ずるものがあるのかもね」

少し不思議だが、李帆の言う通りかもしれない。航大もなんだか嬉しくなった。親しいひとや身内に、こうして繋がりを感じられると、あたたかな気持ちが生まれる。

「今日のお茶菓子だけど、せっかく悠吾たちに気遣ってもらったから、このカステラをいただこうか？」

悠吾が「みんなで食べよう」と言ってくれたのを受けて、航大は南帆を見た。南帆も前向きな顔で頷く。

「うん！　じゃ、私たちが用意したパウンドケーキは、お土産に持ち帰ってもらおうか」

二人の来訪に合わせて、ケーキを買ってきていた。梨のパウンドケーキは南帆が最近気に入っている近所の店のものだ。

しかし南帆の案には、悠吾たちが慌てた。

「え、いいのか？」

眼鏡の奥で目を丸くした悠吾に続いて、李帆も申し訳なさそうになる。

「ごめん、こっちこそ気を遣わせちゃったみたいで……」

控えめな二人の様子を見て、航大と南帆は、視線を合わせた。笑みを交わして、そして航大が返事をする。

「そんなことないよ。じゃ、切ってくる。すぐ戻るな」

航大は床に膝をついていたところから、立ち上がった。箱を持ち上げる。

「ありがとう」

悠吾がそれを見上げて軽く言う。もういつもの表情に戻っていた。

ソファに並んで座り、また楽しそうに会話を再開した三人をあとにして、航大はキッチンへ向かった。

キッチンの作業台の上で箱を開けて、中身を取り出す。

黄色と焦げ茶色のカステラはふっくらしていて、いかにも美味しそうだ。

包丁を使い、長いカステラを四人分、切り分ける。ケーキ用の皿にそれぞれのせて、フォークを添えた。

カステラからは、優しく甘い香りがふんわりと漂う。

四人で集まるこの空気がそのまま体現されているようで、航大は自然と顔をほころばせていた。

「お待たせ」

トレイに四つの皿をのせて、航大はリビングへ戻った。

しかし見えた光景に、ちょっと目を見張ってしまう。

「南帆、なにしてるんだ？」

とりあえずトレイをテーブルへ置く。ソファの端にいる南帆に近付いた。

航大が不思議に思ったのも無理はない。南帆は床に移動して膝立ちになり、李帆のお腹に耳を当てていたのだから。

「あ、今ね、胎動を感じさせてもらってたの」

視線を航大に向けて、南帆は照れた顔をした。無邪気な仕草だと思われたかもしれない、という顔だ。それでも耳は離さないままである。

「なるほど。感じられるか？」

航大も興味を覚えて、近付いた。南帆の隣に膝をつく。

「もうはっきりわかるよ」

李帆の隣に座る悠吾が、優しい目で言う。彼はきっと、普段から触れているのだろう。李帆とお腹の子を愛おしく思っている気持ちが溢れていた。

「すごく気持ち良い感覚……安心できるよ」

姉のお腹に耳を当てて、南帆は目を閉じる。言葉の通り、リラックスした表情だ。

「南帆ももう自分で感じられるでしょ？」

南帆の肩に腕を回す李帆も、ゆったりした声で言った。その顔はもうすっかりママで……南帆と同じだが、一歩先にいる先輩ママの表情をしていた。

「うん。まだあんまり強くないけど、動いてるのがわかるよ。たまに蹴ったりもするの。でもね……」

満足したようで、南帆は体を起こした。肯定するが、ちょっと航大のほうを見た。

航大は軽く苦笑になる。

「俺が触ると、まだあんまり反応してくれないんだ」

それは少し惜しいと思っている点だった。まだ胎動がはっきりしてきて間もないから、パパからはあまり感じられなくても自然だと聞いた。

だけどやはり、自分の手や耳で、実感したいと思うのだ。愛しい赤ちゃんのことを、はっきりこの身で感じてみたい。

「成長がすごく早いんだから、すぐだよ」

残念だという声音の航大に対して、悠吾が優しいことを言った。これまた先輩パパらしい言葉だ。

実際、お腹の子の成長は驚くほど早いのだから、焦ることはないとわかる。だから航大も「そうだな」と返した。

「呼んでみたらどうかな？　パパが触ってるんだよって、わかったら反応してくれるかも」

そこで李帆が提案した。航大もいい案だと思う。

「それがいいね！　赤ちゃんも、そろそろ音が聴こえる頃だっていうし……」

南帆も顔をほころばせて、頷いた。ソファに元通り座り直す。

航大はその南帆に向き直った。床に膝をついた体勢で、そっとお腹に触れる。

「俺たちの赤ちゃん。パパだよ」

お腹の中にまで届くよう、顔を寄せて、間近から声をかけた。

南帆の少し膨らんできているお腹を、慈しむように優しく撫でる。

「……あっ！」

そのとき、南帆が小さく声を上げた。刺激を顕著に感じたらしい。

だけど航大も同じだった。撫でた手の中から、ぽこん、と小さな衝撃が伝わってきたのだ。

「……動いた！」

思わず目を真ん丸にしていた。驚きのあまり、ひとことしか出なかったくらいだ。これほどはっきり感じられたのは初めてだった。航大の胸に、じわじわと感動が溢れてくる。

「動いたぞ！　聴こえたんだ！」

顔を上げて、南帆やみんなを見る顔は輝いたし、声も明らかに感激の響きになった。でもその場の全員が、同じ表情をしていた。

「本当に届いたんだねぇ」

覗き込んでいた李帆が、しみじみと言う。南帆も「うん」と頷いた。

「パパがわかったんだね」

そのまま、南帆はそっと自分のお腹に触れた。先ほどの航大と同じ、慈しむ手つきで撫でる。

「良かったな、航大！　これからの成長も楽しみだ！」

李帆の隣に座る悠吾も身を乗り出していた。きらきらした目で、この先の希望まで話してくれる。

みんなの優しい言葉や反応を受けて、航大の胸はじんわり熱くなる。

南帆との愛の証の存在を、この手に直接感じられて、この上ない幸せだと思った。
(絶対に守り抜く。南帆とこの子を、永遠に)
航大の胸に、あたたかな温度を持った決意が溢れた。
あと半年もすれば、赤ちゃんは南帆のお腹から、この世界に出てくるのだ。
そうしたら南帆と自分の腕にしっかり抱く。そしてずっと離さない。
その日が今から楽しみでならなかった。

あとがき

このたびはお手に取ってくださり、ありがとうございます。白妙《しろたえ》スイと申します。マーマレード文庫様より、今回三冊目になる本を出させていただきました。本当にありがとうございます。今回はパイロットとして働くヒーローと、悲しい恋の経験をしたヒロインのお話でした。

パイロットというお仕事は華やかで輝かしいですが、同時に重い責任が伴います。その中で心も体も強く持ち、空の上で活躍するヒーロー・航大は本当に頼もしいと思います！　ヒロインの南帆を絶対に一生、守ってくれると私も確信しました。少し独占欲強めの航大ですが、そこも含めて彼の深い愛を感じていただけたら嬉しいです。

南帆は序盤で悲しい別れを経験しますが、その傷も乗り越えて、大きな愛を身につけられたと思います。航大へ向ける愛も、彼から受け取る愛も両方を持って、これからさらなる幸せな時間を過ごしてほしいです。

物語を通して、南帆の思考は本当にポジティブで、そこが彼女の魅力だと私は感じています。執筆にあたり、私も南帆の前向きさにずっと励まされる気持ちでした。

今回、ラストに番外編も書かせていただきました。

本編がずっと南帆視点で展開されるので、「航大から南帆への想いも書きたいです！」とご担当者様に相談させていただいて、航大視点でのお話になりました。

そうしましたら、想像以上に航大からの熱い想いが溢れてしまい、本当に南帆のことが大好きなのだな、と自分でも微笑ましくなりました。愛の証も授かって、航大からの愛はさらに増していくのだと思います。絶対、頼れるパパになりますね。

素敵な表紙イラストは、羽生《はにゅう》シオン先生にいただきました。

航大が力強く南帆を包み込む姿が頼りがいに溢れていて、とても格好良いです！南帆も航大を心から信頼していると伝わってきて、二人の間に生まれた強い絆を感じました。羽生先生、本当にありがとうございました！

最後になりましたが、ずっとご尽力いただきましたご担当者各位、編集部の皆様、ほか出版に携わってくださったすべての方へ、厚くお礼申し上げます。

白妙スイ

ファンレターの宛先

マーマレード文庫をお買い上げいただきありがとうございます。
この作品を読んでのご意見・ご感想をお聞かせください。

宛先

〒100-0004　東京都千代田区大手町 1-5-1
大手町ファーストスクエア イーストタワー 19 階
株式会社ハーパーコリンズ・ジャパン　マーマレード文庫編集部
白妙スイ先生

マーマレード文庫特製壁紙プレゼント!

読者アンケートにお答えいただいた方全員に、表紙イラストの
特製 PC 用・スマートフォン用壁紙をプレゼントします。

詳細はマーマレード文庫サイトをご覧ください!!
公式サイト
@marmaladebunko
SNSもチェック!

m a r m a l a d e b u n k o

原・稿・大・募・集

マーマレード文庫では
大人の女性のための恋愛小説を募集しております。

優秀な作品は当社より文庫として刊行いたします。
また、将来性のある方には編集者が担当につき、個別に指導いたします。

募集作品
男女の恋愛が描かれたオリジナルロマンス小説（二次創作は不可）。
商業未発表であれば、同人誌・Web上で発表済みの作品でも
応募可能です。

応募資格
年齢性別プロアマ問いません。

応募要項
・パソコンもしくはワープロ機器を使用した原稿に限ります。
・原稿はA4判の用紙を横にして、縦書きで40字×32行で130枚～150枚。
・用紙の1枚目に以下の項目を記入してください。
①作品名（ふりがな）／②作家名（ふりがな）／③本名（ふりがな）
④年齢職業／⑤連絡先（郵便番号・住所・電話番号）／⑥メールアドレス／⑦略歴（他紙応募歴等）／⑧サイトURL（なければ省略）
・用紙の2枚目に800字程度のあらすじを付けてください。
・プリントアウトした作品原稿には必ず通し番号を入れ、
右上をクリップなどで綴じてください。
・商業誌経験のある方は見本誌をお送りいただけるとわかりやすいです。

注意事項
・お送りいただいた原稿は返却いたしません。あらかじめご了承ください。
・応募方法は必ず印刷されたものをお送りください。
CD-Rなどのデータのみの応募はお断りいたします。
・採用された方のみ担当者よりご連絡いたします。選考経過・審査結果についてのお問い合わせには応じられませんのでご了承ください。

m a r m a l a d e b u n k o

応募先
〒100-0004　東京都千代田区大手町1-5-1 大手町ファーストスクエア イーストタワー19階
株式会社ハーパーコリンズ・ジャパン「マーマレード文庫作品募集」係

ご質問はこちらまで E-Mail / marmalade_label@harpercollins.co.jp

マーマレード文庫

一途なエリートパイロットは
傷心の彼女を永遠溺愛で包み満たしたい

2025年2月15日　第1刷発行　定価はカバーに表示してあります

著者　白妙スイ　©SUI SHIROTAE 2025
発行人　鈴木幸辰
発行所　株式会社ハーパーコリンズ・ジャパン
東京都千代田区大手町1-5-1
電話　04-2951-2000（注文）
0570-008091（読者サービス係）
印刷・製本　中央精版印刷株式会社

Printed in Japan ©K.K. HarperCollins Japan 2025
ISBN-978-4-596-72499-1

m a r m a l a d e b u n k o